ULLSTEIN

Das Buch

»Die junge Schriftstellergeneration hat wieder Lust, Geschichten zu erzählen!« freute sich der *Spiegel*, als Karen Duve, Georg Klein, Christoph Peters und andere unerwartet frischen Wind in die literarische Szene brachten. Unkonventionell, respektlos und intelligent fangen sie den Rhythmus der Zeit ein. Um so spannender ist es zu sehen, wie sich 22 der zur Zeit tonangebenden jungen Autoren einem Genre nähern, das gewiß kein typisch deutsches ist – der Erotik: Ohne falsche Scheu, freizügig, drastisch, liebevoll und diskret zugleich, vor allem aber mit Humor wird die Welt des erotischen Begehrens ausgelotet. Ein sinnliches und äußerst unterhaltsames Lesebuch, so facettenreich wie das Thema selbst.

Die Autoren

Marcus Braun, Alex Capus, John von Düffel, Karen Duve, Julia Franck, Arno Geiger, Kerstin Hensel, Frank Jakubzik, Marcus Jensen, Georg Klein, Steffen Kopetzky, Stephan Krawczyk, Tanja Langer, Olaf Müller, Jens Nielsen, Christoph Peters, Kathrin Röggla, Arne Roß, Kathrin Schmidt, Silke Andrea Schuemmer, Aglaja Veteranyi und Anne Weber.

Susann Rehlein (Hg.)

Bitte streicheln Sie hier!

Erzählungen

Ullstein

Umwelthinweis:
Dieses Buch wurde auf chlor-
und säurefreiem Papier gedruckt.

Ullstein Taschenbuchverlag
Der Ullstein Taschenbuchverlag ist ein Unternehmen der Econ
Ullstein List Verlag GmbH & Co. KG, München
1. Auflage September 2002
© 2000 by Eichborn Verlag AG, Frankfurt am Main
Umschlaggestaltung: Thomas Jarzina, Köln
Titelabbildung: Tony Stone Bilderwelten / Ranald Mackechnie
Gesetzt aus der Kuenstler
Satz: Fuldaer Verlagsagentur
Druck und Bindearbeiten: Ebner & Spiegel, Ulm
Printed in Germany
ISBN 3-548-25424-1

Exotik

Karen Duve, Sklavenmarkt in Tanger (13)

Kathrin Schmidt, Bissel Ljebe wär nett, göll! (21)

Silke Andrea Schuemmer, Bis es dunkel wird (29)

John von Düffel, Ella Fitzgerald (39)

Raserei

Tanja Langer, Bitte streicheln Sie hier! (49)

Kerstin Hensel, Gefunden (63)

Christoph Peters, Im Supermarkt (69)

Orgasmus

Kathrin Röggla, Bettgeschichte (Platz für Geschichten) (77)

Anne Weber, Das Sexualsubjekt (85)

Arne Roß, Alte Liebe (91)

Marcus Jensen, Miniaturen (99)

Trauerspiel

Marcus Braun, »Kampf den Dativ« (103)

Arno Geiger, Erröten (109)

Stephan Krawczyk, Flaschenpost (115)

Jens Nielsen, In einer Frau liebe ich vor allem den Abgrund (121)

Irrwege

Georg Klein, Mizzis Zunge (125)

Frank Jakubzik, Vor Martas Haus (133)

Julia Franck, Die Wunde (141)

Steffen Kopetzky, Eros auf Reisen (149)

Klaustrophobie

Alex Capus, Ein Finne auf Hawaii (171)

Olaf Müller, Eternity (179)

Aglaja Veteranyi, Das Ehezimmer (187)

Die Kontemplation der Erotik ist ein herzerfrischendes Bild in des Lebens reichhaltigem Comic. Ein Lächeln, ein Gang, ein Hüftschwung, die Art, sich das Haar aus der Stirn zu streichen, die Weise, wie Kleider den Körper umhüllen, all das kann erotisch sein, aber ewig stünde ich in des Menschen Schuld, der mir sagen könnte, was an jenen feuchten, dunklen, übelriechenden und ekelhaft buschigen Körperregionen so unwiderstehlich sein soll, die auf dem Bankett der Liebe die Hauptspeisen abgeben.

Stephen Fry: Paperweight

Liebe Leserin, lieber Leser,

Erwarten Sie von diesem kultivierten Büchlein bitte nicht, daß man darin stöhne und schwitze und vögle und fikke. Ist doch Eros nicht Gott von Brunft und Fortpflanzung. Geschlechtsverkehr könnte ihn umbringen. Zumal grell beleuchtet und mit dem falschen Personal. Als Gott der Liebe hingegen ist Eros eine ziemlich angekitschte Figur: Ein fetter Putto mit Pfeil und Bogen – wer wollte dem Verantwortung für Die Große Liebe in die Patschhändchen geben … Mir gefällt, was Sokrates in Platons *Symposion* berichtet: Eros sei der Halbgott des Begehrens, selbst ganz und gar mittelmäßig und ohne Glanz, lasse er das Begehrte außerordentlich und wunderbar scheinen.

Erotik muß sich irgendwo zwischen Sex und Liebe aufhalten, im besten Fall transzendiert sie diese. Erotik ist das Denken einer Möglichkeit, das spielerische Übertreiben und Steigern einer Hoffnung, deren vollständige Erfüllung zwangsläufig das Ende der Erotik bedeuten würde. Räucherstäbchen und Kuschelrock sind Erotik? Sextoys werden nach ihr benannt. Die Spannung zwischen Zweien, und alles und nichts ist erotisch. Auf jeden Fall ist Erotik seit ewigen Zeiten eines der Themen Nummer Eins, man scheint sich etwas zu versprechen von ihr. Vielleicht die Tilgung einer umfassenden Langeweile; der Körper ist billig zu befriedigen, der Geist will immer aufs Neue unterhalten und gefordert werden.

Erotik als Geisteshaltung verlangt nach literarischer Animation. Nur, was ist erotische Literatur, was macht letztlich den Erregungswert des einen oder anderen Textes aus? *Eichborn.Berlin* und die Zeitschrift *Das Magazin* baten zweiundzwanzig Autoren, Ihnen, liebe Leserin, lieber Leser, Erotik zu buchstabieren: Bei Georg Klein glauben ein paar Programmierer tatsächlich, sie könnten weibliche Objekte männlichen Begehrens synthetisieren aus Augen, Nase, Mund und Stimme. Mizzis Rache ist subtil aber schrecklich. Sie manipuliert die Mimik, sie speist sich ins System.

Die Autoren dieses Buches spielen mit den bekannten Mustern erotischer Literatur, testen sie für unsere Wirklichkeit und codieren schon mal das gängige erotische Zubehör um. Auch Christoph Peters' Sex-im-Supermarkt-Geschichte ist keine ganz gängige, wo über der Kühltruhe gefickt wird oder jemand bei den Avocados einen geblasen bekommt. Solche Geschichten, mit Koitus im letzten Drittel, gibts ja auch wirklich genug. Hirn-Passionen … erotisches Vielleicht … darauf kommt es an, ich sagte es bereits. Kaum Männer-Triumph oder gar -Gewalt; die Uneinlösbarkeit allen Begehrens, die *Permanenz von Lust und Frust*, ist DAS Thema der männlichen Autoren. Bei Marcus Braun sucht Poul im Biergarten nach dem Sinn des Lebens und bekommt noch nicht einmal Sex, er wird zudem schlecht behandelt und gründlich mißverstanden: die Angebetete nennt ihn schnöde Paul. Kein Kam-sah-siegte. Erst recht nicht, wenn potente Autorinnen sich so ein AlsOb anmaßen und Erotik aus der Sicht männlicher »Helden« schreiben. Die leichten und überaus komischen Geschichten von Karen Duve und Tanja Langer zum

Beispiel lassen allersehnsüchtigstes Begehren zweifelhafter Helden gipfeln in furiosem Scheitern.

Keine Konvention der Erotik, um die Autorinnen sich scheren müßten. Sie sind amüsiert und stricken scheinheilig. Sie stricken an Frauenbildern: Anne Webers Ida, ausgestattet mit Walbauch und Schwimmfüßen – also nicht im klassischen Sinne schön – wartet nicht ernsthaft auf das Abklingen ihrer gewaltigen Libido, um noch etwas anständiges tun zu können im Leben, studieren oder so. Steffen Kopetzkys Leo Pardell hat's weniger leicht – der ist zwar gebildet, muß aber Erotik von der Pike auf lernen.

wenn man fickt, vermeint man doch was zu erleben, fremde räume bekommt man dabei zumindest zu sehen, andere wohnungen, sozusagen, beinahe schon andere städte – konstatiert eine Frau in Kathrin Rögglas »Bettgeschichte«. Und obwohl doch alles Nötige veranlaßt ist, von Erektion über Sex und Sperma alles gesagt ist, kommt man sich irgendwie nicht näher, und auch nicht dieser Stadt – obwohl doch alles herbeigeschafft ist, von Kränen über Baustellen zu Lärm. Bei Kathrin Röggla ist die Stadt nicht nur Fond fürs Erzählen, sondern durchdringt und beeinflußt Wahrnehmung und Lebensgefühl ihrer Bewohner. Da unser Buch Autoren versammelt, die die gegenwärtige literarische Diskussion maßgeblich bestimmen, spiegeln sich in ihm Tendenzen neuester deutschsprachiger Literatur. Die Themen Großstadt, mediatisierte Lebenswelt und die damit verbundene Verunsicherung, Spaltung, Entfremdung des Ich, korrespondieren mit Formen des Fragmentarischen, mit assoziativen Bildern und einem kühlen Interesse am Körper.

Kaltes Kalkül zeugt gute, auch gute erotische Literatur. Pornographie hat's in gewisser Weise leichter, alles Geschlechtliche ist ausreichend real, um angemessen abgebildet zu werden. Obwohl … Erotik jedenfalls, das hier zum Schluß, Erotik gibt es gar nicht. Sie ist ein außerordentliches Hirngespinst, eine unordentliche Konstruktion, wer weiß, ob und wozu sie taugt … Aber allen Ernstes fragen wir nicht nach. Wir nehmen Erotik zum Anlaß, lustvoll-kühn zu spinti-sieren und zu konstruieren. Die Geschichten, ein kleines Kompendium der Erotik, geben wir Ihnen zu treuen Hän-den. Und, verstehen Sie recht, das Buch wird nicht nur offen-baren, was der eine oder andere geschätzte Autor zu Erotik denkt, es wird Sie erotisieren.

Susann Rehlein

Exotik

Karen Duve
Sklavenmarkt in Tanger

Anton war schüchtern. Trotz seiner 28 Jahre hatte er
noch nie ein Mädchen geküßt oder eines angesprochen –
von weitergehenden Zuneigungsbeweisen ganz zu schweigen. Er besaß jedoch eine kühne Einbildungskraft, in der er
sich gern mit Frauen beschäftigte. Frauen waren auch der
Grund, warum er am Iranistikseminar teilnahm: Zwölf aus-
nehmend hübsche Studentinnen besuchten diesen Kurs, und
Anton war der einzige Mann zwischen ihnen. Vorteil zog er
aus diesem Umstand allerdings nicht. Nach den Vorlesungen
wurden seine Kommilitoninnen von schwarzhaarigen jungen
Männern abgeholt. Beherzt griffen diese glutäugigen Söhne
des Morgenlandes nach den jungen Mädchen, denen der Student Anton sich nicht zu nähern wagte. Und mit dem neidi-
schen Blick einer alten Motte auf einen Schwarm von Ko-
baltfaltern sah er ihnen hinterher.

Während der Vorlesungen hielt Anton sich dafür schad-
los: ein Diamant, den eine Studentin im Nasenflügel trug, ein
kleines Seufzen, das eine andere ausstieß, schon griffen die
Zahnräder seiner Phantasie ineinander, aus dem zarten
Schmuckstein wurde ein rostiger Ring mit einem Strick daran und aus dem damenhaft gelangweilten Seufzer ein qual-
volles Stöhnen, das ein geschundener Mädchenleib unter der
Peitsche hervorpreßte. Denn in seinen Einbildungen verwan-
delte sich Anton – eine Reminiszenz an den Fachbereich
Orientalistik – in Zubaeir Pascha, den größten und nieder-
trächtigsten Sklavenhändler Tangers. Mit dreister Käufermie-

ne begutachtete er dann den Körperbau seiner Kommilitoninnen, riß ihnen in seinen Tagträumen die Blusen und T-
Shirts vom Leib, fuhr ihnen – unbelästigt von seiner üblichen
Schüchternheit – mit dem Zeigefinger in die Münder, beta-
stete das Zahnfleisch, schnickte gegen die Rachenmandeln
und rüttelte an den Amalgam-Plomben, um sich von der
Qualität der Ware zu überzeugen. Eine Studentin kam ihm
ein bißchen mager vor, bei zweien bemängelte er, daß sie
Brillen trugen – aber nackt und mit einer Walfischschwarte
abgerieben konnte er wohl auch sie zu einem anständigen
Preis wieder losschlagen. Und die beiden dickgeschminkten,
unablässig schwatzenden Blondinen – in Tanger würde man
sie ihm in Gold aufwiegen. Zubaeir Pascha kaufte sämtliche
Seminarteilnehmerinnen, verfrachtete sie in den Laderaum
seiner Gaffelsegelgaleote und ließ den Anker lichten.

Im weiteren Verlauf des Semesters unterhielt Anton sich
damit, den Laderaum immer wieder zu öffnen, einzelne
Sklavinnen herauszuholen und auf ihre Eignung zu prüfen.
Dankbar und zärtlich waren die Odalisken, wenn er sie aus
dem stickigen Verschlag befreite und eine Weile zu sich in die
Kajüte nahm. Sonst ging es ihnen schlecht. Auflehnung
peitschte Zubaeir Pascha nieder, und als ein Mädchen ihm
das Gesicht zerkratzte, stieß der Gellaub sie durch eine Luke
in den Schiffsrumpf hinunter zu den Galeerensklaven. Ein
schrecklicher Ort. Die Luft dort unten war ein einziger Furz,
ein übler und ranziger Brodem, gegen den der Gestank von
Raubtierkäfigen und Knabenumkleideräumen sich wie die
reinste Sommerfrische ausnahm. An zwanzig Ruderbänke
geschmiedet schwitzte und litt hier das Professorenpack der
Universität: schwärenbedeckte Wracks, deren Körper nur
noch aus Armen zu bestehen schienen. Blasiger Schaum trat
vor die Professorenmäuler, als die Studentin die Treppe her-
unterfiel; wild rasselten die Ketten, und der fette, glatzköpfi-
ge Mongole, der die Rudersklaven beaufsichtigte, mußte ih-

nen erst in die Bäuche treten und die Neunschwänzige tanzen lassen, bevor er die Fußeisen von den streichholzdünnen Beinen lösen konnte. Zubaeir Paschas Rachsucht sättigte sich an dem Anblick, wie die akademischen Titelträger sich gleich einer Schaufel Erde über die Widerspenstige warfen, vorschnell absamten und im eigenen Ejakulat durcheinanderglitschten.

Doch gleichmütig, ja unberührt, schritt die bestrafte Studentin nach der Vorlesung aus dem Hörsaal, zog in aller Ruhe ein Zellophantütchen aus ihrer Tasche, griff hinein, kaute und begann, Pistazienschalen auf den Boden zu spucken.

Endlich, nach vielen Wochen, erreichte Anton Tanger. Tanger! Sonnenglastiges, zephirblaues Tanger. Sahnebetupfte Wellen plätscherten vor dem Bug, als die Galeote mit blonder Fracht für Arabiens Bordelle das Wasser des Hafenbeckens, einen konzentrierten Sud aus Kotbollen, Apfelgriebsen und Schweinedarmkondomen, durchpflügte. Lustige Delphine und possierliche Hammerhaie begrüßten eifrig schnatternd die Neuankömmlinge und bettelten mit drolligen Kapriolen um ein paar Brocken Brot oder Menschenfleisch. Zubaeir Pascha legte zur Feier des Tages einen schwarzen, mit grünen Punkten getupften Burnus an, rieb seinen Sklavinnen Kamelurin ins Haar und trieb sie, einen Stock aus Malakkarohr schwingend, an Land. Blut und Tränen sprenkelten den Straßenstaub. Durch gewundene Gassen ging es bergauf, hoch zu den Mauern der Kasbah, vor der zwischen zwei zerfledderten Palmen ein Holzpodest aufgebaut war. Der gepünktelte Gellaub trieb seine kleine Herde in einen Pferch zwischen hundert anderen Pferchen, in denen eine unübersehbare Menge nackter, geölter Leiber wogte. Brüllend und fluchend schlugen die Baschi-Bosuks mit ihren Peitschen hinein, und auch Zubaeir Pascha mietete sich einen türkischen Soldaten zum Aufpassen und schlenderte zu den Buden hinüber, an denen man Pfefferminztee und kandierte Nüsse kaufen konnte, sofern man nicht gerade selbst zum Verkauf stand. Er setzte sich vor die Trinkbude und verfolgte von dort die Auktion. Noch waren die Eunuchen dran. Ein fideler Glatzkopf ohne Hoden ging für vierzig Reyauls weg. Bei den selteneren El-ebter-Eunuchen stiegen die Preise auf achtzig bis hundertvierzig Reyauls. Zubaeir Pascha schlürfte seinen zuckrigen Tee und beobachtete ohne Mitleid, wie an einem Strick ein schöner persischer Jüngling vorbeigezerrt wurde, dessen Besitzer laut nach dem Hakim, dem ärztlichen Beschneider, rief. Dann schenkte er seine Aufmerksamkeit wieder der Tribüne, denn gerade wurde ein frischoperierter Totalkastrat aufgerufen und versetzte die Käuferschaft geradezu in Hysterie. Scheichs trampelten einander auf die Burnusse, um möglichst nah an die einmalige Gelegenheit zu kommen, Greise besabberten vor Aufregung ihre Bärte, ausgemergelte Hände fuchtelten in der Luft herum, und Tippu Sahib hätte den Preisrekord des Tages gebrochen (und damit eine Stange türkischen Honigs gewonnen), wäre der seines Phallus und seiner Datteln beraubte Sklave nicht, ungeachtet aller ihm zuteil gewordenen Wertschätzung, plötzlich tot vom Podest gefallen. Tippu Sahib rülpste wütend, und die Baschi-Bosuks warfen den teuren Verblichenen auf eine bereits gut gefüllte Leichenkarre.

Nach den Eunuchen wurden die Verwachsenen, Kranken, Häßlichen und Geistesgestörten verhökert, und dann war endlich Zubaeir Pascha an der Reihe, sein Angebot vorzustellen.

»Vier weiße Frauen, braun – sieben weiße Frauen, blond – eine weiße Jungfrau, blond – alle unter zwanzig Jahren.«

Das war frech gelogen. Anton wußte genau, daß seine Kommilitoninnen im Schnitt mindestens dreiundzwanzig Jahre alt waren. Er bot zuerst die Brünetten an, drei Stück zusammen für hundertzwanzig Reyauls. Ein dicker Bey in weißen Pluderhosen und mit goldverziertem Turban zeigte sich interessiert.

»Aber hundertzwanzig ist wirklich zuviel, Effendi. Seht nur, wie sie schielen. Sagen wir fünfundachtzig, ja?«

»Herrgottnochmal, Bey Sukkulam, jedesmal das gleiche! Habe ich dir schon einmal etwas nachgelassen? Da schmeiße ich die ganze Ladung doch lieber ins Hafenbecken. Hundertzehn Reyauls! Wer außer unserem dicken Freund ist interessiert?«

»Neunzig!« rief Bey Sukkulam.

»O Allah, o Allah, welch schlechtes Geschäft! Na gut – verkauft!«

Anton interessierte sich nicht genug für diese drei Mädchen, um seine Phantasie sehr lange mit ihnen beschäftigen zu wollen, und Bey Sukkulam war als gnadenloser Feilscher und Preisedrücker berühmt. Zubaeir Pascha holte die kleine Blonde auf das Podest, die immer alles von der Tafel mitschrieb und meistens plumpe, sackartige Pullover trug. Einmal hatte Anton gewagt, ihr aus der Ferne vorsichtig zuzunicken, sie hatte jedoch nicht zurückgegrüßt. Jetzt stand sie nackt und zitternd vor der geifernden Menge. Aber das hätte sie sich früher überlegen müssen. Zubaeir Pascha stellte sie als isländische Prinzessin vor.

»Beim Propheten, schon wieder eine Prinzessin!« rief Ali Pascha, der zweitgrößte Sklavenhändler Tangers und Zubaeir Paschas schärfster Konkurrent. »Arbeiten in den europäischen Bordellen denn nur Adlige? Vor einer Woche hat sie doch noch jedem, der ihr einen Schnaps spendiert hat, dafür einen runtergeholt. Bei deinen Prinzessinnen kriegt man Syphilis, Zubaeir Pascha …«

Das Pack johlte anerkennend.

»Du bist doch die Scheiße der Scheiße«, röhrte Zubaeir Pascha, »gesäugt mit der Pisse deiner hundsköpfigen Mutter. Mögen dereinst Ungläubige dein Grab mit ihrem Kot bedecken und Paviane ihre Furze darüber lassen.« Dann wandte er sich wieder seinen Käufern zu: »Seht nur, die federnden Gra-

natapfelbrüstchen, noch längst nicht ausgereift. Die sammet-
weiche Haut, so zart …«

»Und voller Bisse und Blutergüsse von der werten Kund-
schaft!« rief Ali Pascha.

»Nein, diese Flecken hat sie, weil sie eine echte Prinzessin ist«, konterte Zubaeir Pascha, »wenn ich sie nur am Arm
fasse, bricht gleich das zarte Gewebe. Beachtet die feine weiße Kehle«, und Anton klopfte der nackten Kommilitonin mit
dem Malakkastöckchen unters Kinn. »Wenn sie trinkt, kann
man das Wasser von außen rinnen sehen. Und schaut, wie sie
jetzt zappelt, wo ich ihr nur meinen Finger hineingesteckt
habe. Benimmt sich so eine Hure? frage ich euch. Seht doch,
wie scheu und ängstlich sie ist, eine echte Prinzessin. Nur
meinen Finger – wie wird sie erst zappeln, wenn ihr eure
großen Prügel herausholt.«

»Dreißig Mejedees!« rief ein greiser kleiner Mann in
grauem Burnus und mit Krückstock.

»Höre ich recht, Effendi? Dreißig Mejedees? Ihr beliebt
wohl zu scherzen? Mensch Opa, der Krüppelmarkt war vor
einer halben Stunde. Für dreißig Mejedees darfst du sie nicht
mal angucken. Los, dreh dich um! Hau ab!«

»Fünfzig!«

»Pfffff«, machte Zubaeir Pascha.

»Siebzig!«

»…………«

»Fünfundsiebzig! In Allahs Namen fünfundsiebzig! Zum
Shaitan damit! Möge dir mein Geld den Schlund verstopfen,
mögen verlauste Hunde dir deine Eier abbeißen und auf die
Straße spucken, aber ich muß diese Huri haben.«

»Fünfundsiebzig, Hadschi Bey? Fünfundsiebzig? Und dafür machst du dir so ins Höschen? Behalte deine Schekel!
Siehst du diese jungen Brustwarzen, die sich wie Akazien-
knospen zur Sonne biegen? Wären sie nicht festgewachsen,
sie flögen glatt davon. Wenn du da hineinbeißen willst, mußt
du mindestens achtzig Mejedees hinlegen. Mindestens.«

Hadschi Bey bekam aber doch für fünfundsiebzig den Zuschlag, denn die Vorlesung endete in diesem Moment, und Zubaeir Pascha hatte keine Lust, die ganze Ware wieder mit nach Hause zu nehmen. Anton klemmte sich seine schwarze Aktentasche vor die Hüften und rannte mit erhitztem Kopf zum Ausgang. Er lief geradewegs in die isländische Prinzessin hinein. Wie peinlich! Sie ließ ihre Mappe fallen, und die handbeschriebenen Blätter verteilten sich auf dem Fußboden. Anton war zu verlegen, um sie ihr wieder aufzuheben, und stammelte nur eine heisere Entschuldigung.

»Das macht doch nichts«, sagte die isländische Prinzessin, kniete sich hin, sah zu ihm hoch und lächelte ihn an. Das gab Anton den Rest. Sie lächelte ihn an. Und dabei hat er sie – o Allah! – gerade an den alten, zahnlosen Hadschi Bey verkauft. Mit Handschlag. Daran war nicht mehr zu rütteln. Die Prinzessin sammelte das Papier in ihre Mappe und stand wieder auf. »Bis dann«, sagte sie, lächelte noch einmal und verließ den Hörsaal. Anton sah ihr nach, wie sie den Flur hinunterging. Ihm war sterbenselend. Aber halt – so schlimm stand die Sache vielleicht gar nicht. Klagte der vertrottelte Hadschi Bey nicht schon länger, daß es seinem Liebesrüssel an der mindesterforderlichen Aufrichtung mangelte? Kaufte er nicht die obskursten Tinkturen deswegen? Fraß er nicht Unmengen von Insekten und Skorpionen, peitschte seinen Harem grausam und ließ sich selbst mit Disteln peitschen? Alles mit dem mangelhaften Erfolg, daß er immer öfter wollte und immer seltener konnte. War es nicht an der Zeit, ihm einen entscheidenden Tip zu geben? Hör zu, Hadschi Bey, das einzig wirksame, niemals versagende Mittel gegen diese Art von Leiden ist ein Krokodil. Ein weibliches Krokodil. Du mußt zum Nil fahren, Hadschi! Geh zu einer Stelle, wo Krokodile dösen! Schnapp dir eins, wirf es blitzschnell auf den Rücken und vergewaltige es! Und du wirst für alle Zeit geheilt sein.

Ja, ja, der alte Hadschi Bey war noch nie der Schnellste.

Und dann sein Ischias! So ein Krokodil, das wiegt! Wem sonst würde man die Verauktionierung des Erbes anvertrauen als Zubaeir Pascha, dem größten Sklavenhändler Tangers und vereidigten Auktionator für Haremsauflösungen? Und die Vorfreude auf diesen Traum rollte wie eine Bowlingkugel durch die hallende Leere von Antons einsamem Körper.

Kathrin Schmidt
Bissel Ljebe wär nett, göll!

Lucie hatte immer die dritte Stufe von oben unter den Füßen, wenn dieser Satz zwischen ihre Schulterblätter knallte wie aus der Mündung eines altersschwachen Gewehrs. Wiklam hatte mittwochs noch nie versäumt, sie um Leber zu bitten, und doch war es immer wieder Entsetzen, was seine Stimme in Lucie auslöste. Sie beeilte sich regelmäßig, das Gewünschte an die Klinke seiner Wohnungstür zu hängen in einem Kunststoffbeutel, meist ein knappes Pfund braunroter Innerei, das ihr seltsame Gefühle bescherte, wenn sie es anfaßte durch die Folie hindurch. Nie hatte Wiklam eins der Leberpfunde bezahlt, er nahm sie lautlos zu sich herein, sobald die verängstigte Lucie die Tür ihrer neben der seinen gelegenen Wohnung geschlossen hatte, nur mit der linken Hand und ohne daß mehr als zwanzig Zentimeter seines Armes zu sehen gewesen wären. Wußte der Henker, was er damit anfing. Lucie kannte aus Kindertagen den Geruch gebratener Leber, von Apfel- und Zwiebelschmordünsten überlagert, sie wußte, wie es zu riechen hatte, wenn ein Ragout angeschwitzt wurde. Nichts – Wiklam besaß nicht einmal eine Katze oder einen knittrigen Hund, denen er die Leber hätte ins Näpfchen schneiden können. Er war keineswegs alt, vielleicht vierzig wie sie selbst, überlegte Lucie, während sie die eigenen Einkäufe des heutigen Mittwochs in den Kühlschrank sortierte. Es stand für sie außer Zweifel, daß sie dem Mann gehorchte, der seit acht Monaten ihr Nachbar war. Seine Wohnung hatte leergestanden zuvor. Seit sie eingezogen war vor drei Jahren, waren ihr gelegentliche Besichtigungen nicht entgangen, aber die Wohnung hatte wohl niemandem gefallen wollen, bis Wiklam kam. Lucie hatte sich eines Tages sehr gewundert, ein kräftiges Uriniergeräusch zu vernehmen aus dem Nachbarbad, und als kurz darauf die Spülung sich meldete, hatte sie jemanden wie Wiklam zu ahnen begonnen. So vernehmlich konnten nur Männer pinkeln.

Die ersten Wochen mit Wiklam hatten nichts Ungewöhnliches vermuten lassen eigentlich. Da es Kontakte der Hausbewohner untereinander kaum gab, hatte sich Lucie immer gefreut, wenn ihr Wiklam mit einer flüchtigen Bewegung des Kopfes einen Gruß zuzunicken schien. Um so mehr hatte sie, als sie am ersten August die Wohnung hinter sich schloß und eben die Stufen hinabspringen wollte, um die Bahn zur Arbeit noch zu erreichen, Wiklams Ruf nach Ljebe gepfählt, war ihr zwischen den Schulterblättern durch die Rippen ins Herz gefahren und hatte es aussetzen lassen für die Dauer einer Absence. Nie würde sie Wiklams Blick vergessen: Als sie erst abends nach ihrer Rückkehr an seine Tür klopfte, scheu und schuldbewußt ob der Verspätung, und ihm das knappe Pfund Leber, frisch und vom Schwein, in die Hand geben wollte, fiel ihr der Klumpen zu Boden, das dünne Papier riß entzwei und legte den Blutschwamm frei. Wiklams Brust zog sich zusammen in einem kaum ahnbaren Schmerz, seine Pupillen verengten sich hörbar und rückten näher zusammen, so daß er nach Sekunden nur noch furchterregend wirkte und Lucie zu schreien begann. Da hatte er ihr ins Gesicht geschlagen, wie zur Erlösung und mit ziemlicher Selbstverständlichkeit, und sie hatte aufhören können, laut zu sein und sich zu fürchten. Zumindest für den Moment. Später, hinter der geschlossenen Tür ihrer Wohnung, hatte sie sich auf den mintfarbenen Teppich übergeben müssen und sich sehr gewundert über den braunen, schmierigen Brei, den sie spie – sie aß für gewöhnlich blutfrei.

Einige Monate war das so hingegangen mit Wiklam. Zur Vermeidung der Anfangsquerelen ließ Lucie die Leber inzwischen in immer dieselben Kunststoffbeutel packen an der Frischtheke des Supermarktes, und sie hatte ihren Vormittagsputzjob gekündigt, um nicht mehr erst abends Wiklams Befehl befolgen zu können. Es genügte, daß sie mit der Nachmittagsanstellung als Nachhilfelehrerin in einem namhaften Lernhilfeinstitut Geld verdiente, um sicher auszukommen damit und sich die wöchentliche Ausgabe für den Nachbarn nicht schmerzen zu lassen. Sie war stolz darauf, als Lehrkraft eingestellt worden zu sein nach einigen Jahren der Arbeitslosigkeit, und hatte den Putzjob eigentlich gern an den Nagel gehängt. Vor Jahren hatte sie nicht nur Nachhilfeschüler, sondern große Klassen unterrichtet, sie in Russisch und Geschichte ins Abitur geführt mit sicherer Zunge. Wen sie für einen guten Schüler hielt und wen nicht, und wessen Eltern für zuverlässig genug oder nicht, in irgendeinem Sinne, den man ihr beigebracht hatte, den sie aber inzwischen schon gar nicht mehr hersagen konnte, hatte sie auf durchschlaglosen Bögen an ihren damaligen Direktor weitergegeben. Manchmal geschah es dann, daß Schüler einen kleinen schimmernden Orden bekamen zum Appell oder *Unsere Volksbücher* in Leinen gebunden. Darüber hatte sie sich immer sehr gefreut. Ihre beiden Töchter waren neben ihr erwachsen geworden und auf die Suche nach ihren Vätern gegangen, was Lucie ein wenig schmerzte: Sie hatte sie den Kindern niemals verschwiegen, aber die Herren hatten vorzeiten kein Interesse aufbringen können. Nun, jenseits der Volljährigkeit der Kinder, schien es ihnen auf einmal Freude zu bereiten, die Damen auszuführen und ihren Familien vorzustellen. Die jüngere lebte inzwischen sogar ganz in der Nähe ihres Vaters, der nie auch nur einen Pfennig zu ihrem Unterhalt beigetragen, nun aber auf einmal die kleine Mansarde seines Hauses an sie vermietet hatte. Lucie seufzte und stellte die Milch in die Kühlschranktür.

Als sie abends wie beinahe immer mit sich allein saß, dachte sie weniger an die beiden Töchter als an den seltsamen Herrn Wiklam und dessen einzigen Wunsch. Sie mußte sich eingestehen, hin und wieder die Mülltonnen hinter dem Haus inspiziert zu haben: Irgendwo mußte er das Wochenpfund Schweineleber doch lassen – aß er es am Ende roh? Was gebot ihr, sich seinem Leberwunsch fraglos zu fügen und Angst zu bekommen bis hinter die eigene Wohnungstür? Sie hatte sich heute auch eine Leber gekauft. Sie sagte sich, die Blutfreiheit sollte vor der Angst haltmachen. Also schnitt sie die Leber in kleine Stücke, briet sie in heißem Öl an, gab Äpfel und Zwiebeln dazu. Beinahe erstaunt nahm sie dann den Duft wahr, den sie aus ihrer Kindheit kannte und eigentlich aus Wiklams Wohnung hatte erwarten wollen.

Träumend gab sie heiße Brühe in die Pfanne, verschloß diese mit dem Deckel und begann, auf den Zustand Ragout zu warten. Nach dessen Eintritt entsorgte sie die Speise in den Mülleimer, der noch eine Weile vor sich hindampfte.

Gegen zwei Uhr dreißig erwachte Lucie unüblicherweise. Das Geräusch, das dazu geführt hatte, war unverkennbar das eines sexuell beschäftigten Mannes. Lucie wohnte lange genug im Haus, um zu wissen, daß es nur aus Wiklams Wohnung kommen konnte. Je länger sie ihm zuhörte, desto sicherer wurde sie, daß er Selbstliebe betrieb, Selbsthaß womöglich, er masturbierte ausdauernd und laut jammernd, er grollte, er grunzte, dazwischen schien er um Hilfe zu flehen und nannte einige Namen. Wichsvorlagen, stieß es durch Lucies Kopf, der sich sofort bestrafte für dieses Wort und etwas wie Mitleid zu murmeln begann. Lucie stand auf, es hielt sie nun nicht mehr im Bett, ihre blaukalten Füße fanden den Weg durch den dunklen Hausflur, der wie das ganze Treppenhaus aufdringlich und schwülstig von Zwiebelleber mit Apfel verhangen war. Wiklams Tür öffnete sich, als Lucie das Ohr ans Glas legen wollte, war nur angelehnt gewesen, und als sie in der Wohnung stand, umfing sie der gleiche Geruch wie im Flur und wie drüben in ihrer eigenen Wohnung. Das Blut schlug laut an Grenzen, als sie dem Geräusch nachschlich, aufgeregt nun und schuldbewußt, und als sie Wiklam sah, endlich, im Schein eines Testbildes, sprang sie ihm auf den Leib und ritt ihn so selbstverständlich, wie er ihren Angstschrei geohrfeigt hatte, zu Ende. Es erstaunte sie nicht, daß Wiklam auf der Stelle einschlief, auch sie drückte sich bald tief in seine Achsel und spürte den Lebergeruch nicht mehr, den sie zu ihm geschickt hatte, sich anzukündigen.

Am Freitag saßen Wiklam und Lucie zum zweiten Mal beim gemeinsamen Frühstück. Erst als die ältere Tochter vorbeikam mit einem Stipendienantrag, als Lucie statt »Guten Tag« laut »Sdrastwujtje« rief und fröhlich »Nu pagadi!«, als sie dem Mädchen gutgelaunt auf den Hintern schlug, fiel es ihr auf: Sie sprach Russisch. Hatte sie die letzten beiden Nächte, während sie Wiklams Begierde fürsorglich pflegte, seine Hoden massierte und die Wirbelsäule hinauf- und hinabglitt mit Zunge und Lippenspalt, hatte sie ihn wirklich auf Russisch geliebt? Wie zum Beweis parierte Wiklam ihr Staunen mit rollenden Rs und vergnüglichen Zischlauten, zwittrigen Yis und dunklen, schlundtiefen Uos. Sicher glitt Lucies Rede an seine Seite zurück, ungläubig hörte sie ihren Mund flöten und gurren, und als die Tochter daraufhin lieber rasch wieder gegangen war, legte sich Lucie weit geöffnet unter den Stuhl des sitzenden Wiklam und lud ihn zum Fragen und Antworten. Im folgenden Spiel geriet Wiklam tiefer und tiefer in Lucie hinein, die nun zum ersten Mal ein gewisses Feuer fing und begriff, was Wiklam mit der Leber getrieben hatte. Bissel Ljebe wär nett, göll! war der einzige deutsche Satz, den er akzent- und angstfrei aufsagen konnte. (Das heißt, er konnte ihn eigentlich keineswegs akzentfrei aufsagen, er legte einen seltenen Sound hinein und machte ihn darum doppelt glaubhaft: Lucie dachte an Schwaben und Frankenwald, obwohl sie nicht genau wußte, wie die Leute da redeten.) Früher hatte Wiklam auf einem Kiewer Wochenmarkt Fleisch geschlagen und die Stücke verkauft, wenn jemand das Geld dazu hatte. Es mußte zu jener Zeit gewesen sein, da Lucie die durchschlaglosen Bögen, deretwegen sie später aus dem Schuldienst entlassen worden war, an ihren Direktor gegeben hatte. Wiklam war auch entlassen worden: Aus seiner Staatsbürgerschaft, denn er hatte rechtzeitig einen Antrag gestellt, seiner damals noch lebenden Schwester ins Deutsche zu folgen, wo sie sich als Aussiedlerin schon vor Jahren ansässig gemacht hatte. Als er eintraf, von langwierigen Prozeduren anhaltend gereizt, hatte er nicht mehr die Schwester, sondern nur noch deren Totenschein vorgefunden. Der Schwager, ein gebürtiger Kasache, und die beiden Neffen hatten sich umgehend auf den Weg zurück in die Heimat gemacht, die Urne der Toten im bürokratischen Schlepptau. Die Züge in gegenläufiger Richtung mußten ungefähr auf dem Bahnhof von Brest einander begegnet sein, glaubte Wiklam dem einzigen späteren Brief seines Schwagers. Sein Deutsch war nicht ohne Umfang, seine Scheu, es zu gebrauchen, aber riesengroß. Da war ihm eingefallen, wie der Satz jenes netten, teuer gekleideten Herrn auf dem Kiewer Markt regelmäßig für viel Demut gesorgt hatte auf Seiten der fleischverkaufenden Frauen: Bissel Ljebe wär nett, göll! Und wie er es aussprach, hatte die Frauen ganz kirre gemacht, daß sie nicht daran dachten, ihm Lebern zu suchen unter den stinkenden Haufen, statt dessen ihre blutbefleckten Kittel ein wenig hochzogen, die weißen Turmhauben wie zufällig vom Kopf nahmen und schönes Haar zeigten, so es ihnen gewachsen war. Und mit einer von ihnen hatte sich der nette Herr, geschäftsreisender Schuhfabrikant, dann stets auf der Stelle verabredet, sie dabei ein wenig in die Ecke geschoben und vorgekostet, das Fleisch geprüft, und Wiklam wußte von den anderen, daß er den Genuß reichlich entlohnte.

Arkadij Wiklam, Enkel der Emilie und des Hugo

Schwamberger auf der einen, der Galja Borissowna und des Viktor Wiklam auf der anderen Seite, Sohn also seiner Mutter Regina Schwamberger und seines Vaters Sinowij Wiklam, hatte sich aufhelfen wollen mit jenem Befehlssatz aus einem Alleinsein, das Lucie nicht einmal ahnte, als sie ihm wieder und wieder mittwochs ein Päckchen an die Tür hängte. Und als Wiklam Lucie nun hinübertrug in seine Wohnung, ja, er setzte sie sehr vorsichtig jenseits der Schwelle ab und schloß hinter ihnen die Tür, da führte er sie in die Küche und wies mit dem Kopf zur Tiefkühltruhe. Was Lucie verbiß, war nicht nur ein Lachen, als sie den Deckel hob und die Lebern dort sah, unberührt, mit aufgetackerten Preisetiketten, und alle gleichermaßen im eigenen Blute gefroren. Nun mußte auch Lucie ein bißchen frieren, auf russisch, daß Wiklam lachte, wie Lucies Schüler auch manchmal gelacht hatten über den Ernst ihrer Sprache.

Silke Andrea Schuemmer
Bis es dunkel wird

Myrte und Immergrün, habe ich im Blumenladen gesagt, mit kleinen weißen Schleifchen, und Lilien und natürlich Rosen, und dann ist mir ganz schnell noch eingefallen: Klatschmohn, nicht die harten Kapseln, sondern ganz offener, der wie frische Wunden im Strauß klaffen wird. Der Mohn fällt Ihnen morgen spätestens auseinander, versuchte die kleine Auszubildende mir sehr geduldig zu erklären, aber kein Einsehen, Klatschmohn. Sie seufzte und verschwand im Hinterzimmer. Beim Friseur war ich auch schon, geschnitten ist es, hochstecken werde ich es morgen selber. Ein paar Blumen habe ich noch lose mitgenommen, vielleicht trage ich sie morgen im Knoten.

Das Kleid hängt am Schrank. Mum steht in der Tür, ich erschrecke mich so, daß ich zusammenzucke. In letzter Zeit macht sie das öfter. Sie stellt sich irgendwohin und sagt keinen Ton, und wenn ich sie dann plötzlich wie einen Gegenstand sehe und in der gleichen Sekunde begreife, daß sie kein Gegenstand ist, erschrecke ich mich so, daß das Blut von einer Herzkammer in die andere gurgelt in einem Schmerz, der ein Sog ist. Einen kurzen Moment lang wünsche ich mir dann mitten im Erschrecken, es würde weiter ziehen und gurgeln, und das Gefühl im Brustkorb würde den ganzen Körper erfassen, aber dann kommt der harte Herzschlag und der Schweiß, ganz wenig nur, ein Dunst, und ich ärgere mich, daß sie da steht und mich beobachtet und ich keine Ahnung habe, wie lange das schon so geht, und ich herrsche sie an, mußt du so leise reinkommen, ich krieg noch einen Herzschlag. Du bist geschmacklos, sagt sie dann und sieht auf das Kleid. Ich habe es frisch aufgebügelt, dabei habe ich gesungen, alles, was ich heute und morgen tue, werde ich fröhlich tun, ich werde immerzu singen und summen, und wenn es alle wahnsinnig macht. Muß es denn unbedingt weiß sein, sagt sie, und der Schleier, und dann nach einer kleinen Pause, als hätte das das größte Gewicht, Kind? Ja schwarz etwa, sage ich zurück, das ist gelogen, fast schreie ich es, aber nur fast. Mum, ich habe es mir lange überlegt, und ich muß das jetzt tun, es ist richtig. Du wirst alle erschrecken, sagt sie, du wirst leuchten wie ein Gespenst darin. Ich zucke mit den Schultern. Unten geht die Haustür. Das ist Papa. Der steht nicht herum und beobachtet mich, er geht spazieren, stundenlang, auch wenn es regnet wie heute. Er geht über die Wiesen weg, und keiner weiß, wohin. Er kommt nicht gleich hoch, er fürchtet die Gespräche zwischen Mum und mir. Er ruft von unten nach Kaffee, Mum geht.

Dann doch Schritte auf der Treppe, er hat sie weggelockt, ich kann nicht fassen, daß er das getan hat und daß sie es nicht bemerkt haben soll, eigentlich hatte ich gedacht, sie würden sich unauffällige Sorgen machen, vielleicht mit einer professionellen Stelle über mich sprechen und mich ansonsten einfach machen lassen wie bisher auch, fünfundzwanzig Jahre lang. Papa kommt herein, ich lege gerade die weiße Spitzenwäsche, das blaue Strumpfband und die Strümpfe zurecht. Er hat etwas in der Hand. Marei, flüstert er, komm nicht näher, du wirst dich ekeln, aber sieh trotzdem mal hin. Ich überlege, was jetzt wohl kommt und bewege mich nicht.

Er öffnet die Hand und zieht mit den Fingerspitzen vorsichtig etwas daraus hervor, einen Weberknecht. Es ist keine Spinne, beruhige ich mich, nur ein Schneider. Und Papa hält ihn an einem Bein hoch, sieht ihn durch seine halbe Brille an und doziert, aus der Familie der Phalangiidae, Marei, ein Weberknecht. Ich nicke und starre auf Papa. Ich kenne ihn so lange, ohne zu begreifen, was in ihm vorgeht. In seinen Ferien weckt er sich morgens um halb sechs, um im Stutenstall die Klappen zu öffnen, damit die jungen Schwälbchen rausfliegen können. Und beim Mittagessen steht er mitten im Gespräch, wenn wir alle noch essen und meine Mutter ihm vielleicht gerade etwas erzählt, vom Tisch auf und legt sich ohne ein Wort aufs Sofa zum Schlafen, wir löffeln dann schweigend weiter, und meine Mutter zerhackt eine Krokette zu Mus. Und nun steht er vor mir, ganz in Schwarz, in seinem viel zu weiten Regencape mit der Kapuze, und hält diesen Weberknecht in die Höhe. Er sieht mir genau in die Augen, und dann rupft er ihm ein Bein aus, ich schlucke, plötzlich wird es ganz wichtig, jetzt nicht zu zwinkern. Er nimmt ein Taschentuch, wickelt den Schneider darin ein und wirft ihn weg. Das Bein hält er weiter in der Hand. Es zuckt. Der Rest vom Körper liegt im Eukalyptustaschentuch im Abfall, und das Bein zuckt weiter. Papa sagt, bei Gefahr oder im Kampf kann er ein Bein abwerfen, und das lenkt dann durch Eigenbewegungen Angreifer ab. Das Bein zuckt, bis es dunkel wird, du wirst sehen, der Rest ist längst weg, und es zuckt immer noch. Das ist ein Reflex, sage ich, wie bei Hühnern. Genau, sagt Papa, legt mir das zuckende Bein auf den Couchtisch und geht. Ich nehme mit spitzen Fingern ein Kleenex und werfe das Bein dem Körper hinterher. Manche Dinge müssen komplett sein, murmel ich und höre mir lange nach, ob es trotzig klingt.

Unten in der Küche verrückt meine Mutter die Möbel, das macht sie, wenn ihr nichts mehr einfällt. Dabei hat sie gerade wirklich genug zu tun, denn unten im Hof liegt seit gestern morgen eine ihrer Lieblingsstuten unter einer Plane. Die Plane ist an einer Ecke hochgeweht, und jetzt sieht man einen Huf. Beim Füttern hatte sich das Pferd gestern früh in seiner Box hingelegt, und wenige Minuten später starrte es Mum mit glasigen Augen und ohne Bewegung in der Flanke an. Das erzählte sie mir. Sie weinte später. Erst rief sie den

Tierarzt an und den Bauern, der einmal im Monat das Heu bringt, damit er seinen Knecht auf den Traktor setzte und die Stute aus der Box zog, bevor der Körper steif wurde. Der Bauer und der Knecht schleppten die Stute mit dem Traktor bis in den Hof, wenige Schritte von unserer Haustür entfernt, und breiteten die Plane darüber. Sie machten das sehr diskret. Der Tierarzt stellte eine gerissene Aorta fest, und Mum füllte die Papiere für die Versicherung aus. Ich stand in der Haustür und gab die Kommentare, die draußen bei der Stute fielen, an Mum in der Diele weiter. Der Arzt riet ihr, gleich den Abdecker anzurufen, weil sonst der Körper durch die Gase aufgebläht würde. Aber der Abdecker hatte keinen Termin frei, die Gase blähten den Stutenkörper auf, und Mum verließ den Hof durch die Küchentür auf der anderen Seite des Hauses. Der Bauer stand mit seinem Knecht neben der Haustür und versuchte zu übersetzen, was der Knecht mir in breitem Platt über die Stute erzählen wollte. Er fragt, ob Sie nach den Gasen schon mal über so ein Pferd oder eine Kuh gelaufen sind. Ich schüttelte den Kopf, nein, wozu. Er meint nur, es ist ein besonderes Gefühl über eine Kuh zu laufen, da hat er recht, das kann bei Pferden nicht viel anders sein. Während er mir das erklärte, hatte Mum in der Diele Zeit und weinte. Dann rief sie die Versicherung an, die Nachbarn, damit sie ihre Kinder vom Hof fernhielten, sie setzte eine Anzeige in die Zeitung, daß eine leere Box zu vermieten sei, kündigte den Reitverein und strich die Tierarzttermine und den Geburtstag des Pferdes aus dem Kalender. Dann weinte sie noch einmal kurz, bevor sie Abendessen machte und Papa anrief, um ihm zu sagen, er könnte heute nicht im Hof parken.

Ich sehe aus dem Fenster. Die Stute liegt da, und ich weiß, daß sie kalt ist. Gestern hätte ich es nicht fertiggebracht, aber heute würde ich gerne die Plane abnehmen und sehen, ob die Augen noch offen sind. Vielleicht werde ich mich heute nacht nach unten schleichen und doch einmal über das Pferd laufen, der Knecht weiß nicht viel, das läßt mich hoffen, daß er das, was er weiß, ganz sicher weiß. Unten verrückt Mum immer noch die Möbel. Etwas Großes zerschellt, die Suppenterrine vom Buffetschrank wahrscheinlich. Ich schüttel die Hände aus, als klebe etwas daran, und lasse mir ein Bad ein, ein Buttermilchbad. Durch das einlaufende Wasser höre ich das Heulen aus der Küche kaum, meine Mutter ist eine leise Person, aber niesen und heulen kann sie wie eine Naturkatastrophe. Aus den Tiefen der Eingeweide heraus heult sie, irgendwo zwischen Magen und Lunge hat sie es versteckt, das Heulen, und wenn es sich durch die Luft- und Speiseröhre gleichzeitig hochwürgt, den ganzen Brustkorb ausfüllt und sich in einem Schwall über die kleine schmale Figur meiner Mutter ergießt, ist es lauter, als wenn sie etwas in die Ställe hinüberrufen muß. Das ist pervers, schreit sie zu mir hoch, oder schreit sie es hinaus, das ist doch nicht normal. Das ist krank, total krank. Das ist ekelhaft, hörst du Marei, abartig. Sie betont jede Silbe, Wolfrath hätte, da drehe ich den Wasserhahn weiter auf. Trotzdem höre ich unten die Haustür, Papa geht wieder spazieren. Ich seufze, denke nach, lege die Lippen aufeinander und summe wieder. Alles ist bereit. Die Schatulle mit dem Ring. Darin der Zettel mit der Nummer des Pfarrers, falls ich es mir anders überlege. Wie könnte ich. Auch die Nummer einer Selbsthilfegruppe. Was ich morgen tue, wird mir helfen. Ich weiß das, und ich werde mich durch nichts davon abhalten lassen. Wolfraths Eltern haben ebenfalls abgelehnt zu kommen, aber sie sind zurückhaltender als meine, sie rufen mich nicht seit zwei Wochen täglich bei der Arbeit an, geben mir Broschüren oder stehen in der Tür und beobachten mich.

Wieder die Haustür, jetzt ist es meine Schwester Hennra. Eigentlich hatte immer sie sich so ein weißes Kleid gewünscht, mit einem Reifrock wie in den Südstaaten und einem Mittelalter-Mieder, das die Brüste hochdrückt, schulterfrei natürlich, damit man die Tätowierung auf dem Rücken sehen kann. Und jetzt hängt es hier an meinem Schrank. Ich wollte nie heiraten, aber dann kam so viel dazwischen, und so vieles hat sich geändert, und jetzt kann ich nicht mehr anders. Das ist es, was ich ununterbrochen versuche, meinen Eltern, für die ich doch immer eine von zwei einzigen Töchtern war, zu erklären, ich kann nicht anders. Kannst du es dir nicht nochmal überlegen, fragt Hennra. Da gibt es nichts zu überlegen, sage ich. Aber macht es einen Sinn, fragt sie, die Sparkassenbetriebswirtin, die nur Kredit bewilligt, wo auch eine Sicherheit ist. Liebe macht immer Sinn, sage ich im Königinnentonfall und biete ihr Wein an. Sie lehnt ab, ich schenke mir ein Glas ein. Sie sieht mich an und einen Moment lang habe ich das Gefühl, sie würde jetzt die Arme um mich legen und mir anbieten, das Kleid aufzuheben und selbst irgendwann zu tragen. Ich liebe, sage ich, und sie nimmt die Schultern unmerklich zurück, weil sie dagegen nicht ankommt, und nichts wird das ändern. Es ist aber nicht legal, sagt sie, nicht mal für die Kirche, die letzte Waffe, auch das habe ich schon unendlich oft gehört. Wem nutzt es, kein Gericht wird das anerkennen, und deine Kinder, sie stockt, wird rot, das habe ich noch nie gesehen. Kinder, zische ich, wird es nicht geben. Ich hebe eine Augenbraue, darauf ist dieser Satz gefädelt, und er hängt in der Luft zwischen uns, bis ich die Braue wieder senke. Noch bevor das passiert, dreht Hennra sich um und geht aus dem Zimmer.

Ich summe wieder, Alto Giove von Popora, meine Lieblingsarie und seine. Die Badewanne ist fast voll. Ich gieße literweise Buttermilch dazu, das Wasser wird trüb. Ich sitze am Wannenrand, halte eine Hand ins Wasser und stelle mein Weinglas ab. Im Orient werden die Mädchen in der letzten Nacht im Elternhaus nach bestimmten Vorschriften gewaschen und rasiert. Hände und Füße werden bemalt und der Körper mit Ölen und Farben eingerieben. Das ist bei mir etwas anderes. Ich werde hierher zurückkehren. Ich werde noch lange hier wohnen. Ich werde nicht einmal außer Haus schlafen. Ich greife nach dem Glas, halte es einen Moment lang fest, trinke einen Schluck, der Wein schmeckt bitter und erdig, dann gieße ich ihn langsam ins Badewasser. Das Wasser ist hell wie meine Haut. Es sieht aus, als würde der Wein einen Moment lang in Schlieren in der Milch stehen, dann verschwimmt die Maserung, und der Wein färbt das Wasser kurz rosa, bevor er sich verteilt hat. Ich summe. Ich ziehe mich aus. Ich sitze am Wannenrand und beobachte mich im Spiegel. Ich nehme die Hände hinter den Kopf und drehe den Nacken, im großen Wandspiegel sehe ich aus wie auf einem Ingresgemälde, Marei im türkischen Bad. Ich lächle, nehme eine Brust in die Hand, lege die andere Hand aufs Knie, beobachte mich, vor allem die Augen. Ich verforme mich, spanne Muskeln an, erschlaffe. Dann nehme ich mit beiden Händen Haarsträhnen und halte sie vom Kopf weg, den Mund reiße ich weit auf, bis man das Zahnfleisch sieht, die Augäpfel rollen. Ich nehme die rechte Hand vom Kopf und presse sie auf mein Herz, den Rumpf krümme ich, eine Ferse bohre ich in die Kacheln des Badezimmers. Nächstes Bild, ich kralle die Hände, hebe sie bis zum Kinn, beuge den Körper weit zurück und strecke ihn gleichzeitig nach oben. Die gleichen Augen, immer die gleichen.

Alto Giove. Alles Wichtige haben wir zu dieser Musik getan, das erste Glas Wein alleine, das Herzeigen der Narben und offenen Wunden, der erste Kuß, die erste Nacht, das Gespräch, in dem wir Heiraten spießig fanden, der Entschluß, ein Leben lang zusammenzubleiben. Und jetzt hat sich soviel geändert. Ich will ihn anrufen, ich will ihn besuchen, ich will die Nacht neben ihm liegen und so albern sein, bis wir vor lauter Kichern gar nicht mehr an Sex denken können, ich will meinen Kopf auf seinen Bauch legen und in den Nabel brummeln, was ins Ohr gesagt abgedroschen klingt, daß er mein Leben ist, die Liebe, die einzige, daß uns nichts trennen kann.

Das Badewasser muß inzwischen etwas abgekühlt sein. Ich steige in die Wanne. Es ist kalt. Ich sitze im Milchwasser und streue getrocknete Rosenblätter aus einer Schale über mich. Ich strecke mich, puste allen Atem aus und tauche. Ich liege ganz still. Keine Geräusche von draußen. Dunkel. Nichts, das mich berührt, wenn ich nicht an die Wannenseite stoße. Und kalt. Meine Lunge hämmert. Ich bleibe wie ich bin, verziehe keinen Muskel im Gesicht, sinke tiefer. Dann der Schmerz von ganz unten, mein Körper gehorcht mir nicht, er bricht sich durch die Milchschicht nach oben, die Lungen saugen die Luft ein, falten sich auf, können nicht genug bekommen, das Herz hämmert. Ich japse ein-, zweimal, dann stehe ich schnell aus der Wanne auf und wickel mich in einen dicken Frotteemantel. Alles ist, wie es war.

Ich ordne die Wäsche und die Blumen noch einmal. Draußen wird es dunkel, ich schalte das Licht nicht ein, das Kleid leuchtet. Mum hat recht, ich werde darin aussehen wie ein Gespenst. Ich nehme eine Mohnblüte und halte sie gegen das Kleid. Wolfrath, sage ich laut, und ja. Und dann weiß ich plötzlich nicht mehr, wie sein Gesicht aussieht, aber das fällt mir gleich wieder ein, denn direkt neben dem Schrank auf dem Fensterbrett stehen Fotos von ihm. Er auf einer Schaukel, er im Blaumann, wir auf einer Party, wir Sylvester, er mit der Katze, wir auf der Reeperbahn, er ganz groß im Profil. Dazwischen stehen eine kleine Schale mit Wasser und Schwimmkerzen und Räucherstäbchen. Seine Manschettenknöpfe, sein Ohrring, ein Latexabdruck seines Ohrs. Ich streiche über die Muschel, das Ohr ist viel größer als meins. Ich sehe mein Gesicht in den Spiegeln des Kleiderschrankes. Ich war noch nie so schön, denke ich und verbiete es mir nicht.

Ich schließe die Augen und betaste das Kleid. Rohseide mit einem ganz schweren Unterstoff. Es wird rascheln beim Gehen. Das ist gut, er soll mich kommen hören. Es gibt keine Musik morgen, die mich ankündigt, keine Trauzeugen, keinen fliegenden Reis, keinen Sekt. Ich öffne die Augen nicht und überlege, ob ich jetzt eine andere wäre, wenn ich blind wäre. Ich erinnere mich, daß ich in einer Zeitschrift gelesen habe, in Neapel würde man Singvögeln die Augen ausstechen, weil sie dann angeblich besonders schön sängen und teurer verkauft werden könnten. Ich summe wieder, öffne und schließe schnell die Lider.

Mein Gesicht ist blaß, das macht die Anstrengung. Zu viele Diskussionen in den letzten Tagen. Du quälst unsere Mutter und dich selbst auch. Wieso tust du uns und dir das an? Du mußt die Tatsachen akzeptieren. Du bist ja völlig durcheinander, Marei, wenn du Hilfe brauchst. Man kann die Zeit nicht zurückdrehen. Du bist noch so jung, sieh nach vorne. Wolfrath ist doch nicht der einzige. Doch, Wolfrath ist der einzige, warum können sie das nicht begreifen? Das ist keine Entscheidung, bei der es Wahlmöglichkeiten gab. So etwas wie zwischen Wolfrath und mir, das läßt sich nicht aufhalten, nicht erklären, nicht abschließen oder vergraben. Das steht hinter mir wie ein Schatten und ist da, wo immer ich auch stehe, neben wem immer ich auch stehe. Mein Augenlid zuckt.

Ich merke, daß ich die ganze Zeit an meinen Brauen herumgezupft habe. Die Kosmetikerin hat mir zwei perfekte Halbovale gezaubert. Ich muß besonders schön sein morgen, habe ich mit ihr gescherzt, und sie hat gesagt, das wird ja nicht schwer werden und sich an die Arbeit gemacht. Ich habe ihr nicht verraten, welche große Feier ansteht. Sie darf nicht gratulieren. Auch das wird es morgen nicht geben. Keine Gratulationen, keine Zeitungsannonce, keine Blumen, keine Geschenke. Meine Daumen- und Zeigefingerkuppen sind voller Härchen, ein winziges Büschel, oben schwarz und geschwungen, unten ein Millimeter weiße Wurzel, ich setze schnell meine dunkle Brille auf, die perfekten Brauen haben ohnehin schon kahle Stellen.

Dem Pfarrer, der mich erst ansah, als müsse er mir jetzt gleich einen Exorzisten besorgen, habe ich so lange von Wolfrath und mir erzählt, bis er eingewilligt hat. Ich kenne ihn noch aus der Schulzeit, Exerzitien im Kloster mit dem Religionspflichtkurs. Mittlerweile ist er pensioniert und so alt, daß er nicht mal mehr zur Arbeit im Klostergarten eingeteilt wird. Er hat lange gezögert, aber dann hat er es versprochen, und ich weiß, daß ich mich auf ihn verlassen kann, er wird es für mich tun, weil ich es brauche. Er ist kein katholischer Fanatiker. Er weiß, wenn jemand im Recht ist.

Er wird mißbilligen, wie ich angezogen bin. Das Kleid wird so laut rascheln, daß er mich schon hören kann, wenn ich die Reihen abzähle und in den kleinen Kiesweg einbiege. Niemand wird da sein, abends um neun ist schon abgesperrt, aber der Pfarrer hat sich den Schlüssel aus dem Büro seines Abts besorgt. Ich werde leuchten wie ein Gespenst, und die roten Hühnerherzen im Strauß klopfen leise und schnell. Wenn es weiterhin so regnet, werde ich bis dahin, wo der Pfarrer wartet, ganz naß, aber das macht nichts. Ich werde ganz aufrecht vor ihm stehen, die Haare zurückgesteckt, die Augen ganz offen, die Füße bewegungslos. Laut und deutlich werde ich sagen, Ja ich will. Und dann noch ein paar Minuten ruhig stehenbleiben. Oder auch länger. So lange, bis ich mich trennen kann. Der Pfarrer wird unbemerkt gehen, ich werde ihn nie wieder besuchen, aber wenn ich seine Anzeige in der Zeitung sehe, schicke ich Blumen, Arme voll Klatschmohn. Ich bleibe stehen, bis es ganz dunkel ist. Dann lege ich den Strauß nieder. Kein Brautkuß.

John von Düffel
Ella Fitzgerald

Man ist immer dort zu Hause, wo man am besten schläft. Das jedenfalls behauptete der Kommilitone aus dem Philosophischen Seminar, dessen Kopf regelmäßig nach dem Mittagessen in die dicken Folianten niedersank, über die er sich so hingebungsvoll gebeugt hatte. Er stützte sich nie auf. Er saß immer mit angewinkelten Armen da, die Hände unter die Schenkel geschoben, und nahm gegenüber seiner Lektüre eine vorsichtige Fragezeichenform an. Ich sah ihn nie blättern. Ich sah ihn immer nur einschlafen. Aber er tat dies mit einem Tiefsinn, der mir Respekt abnötigte.

Trotzdem hatte er Feinde. Der große Ernst, mit dem er kopfüber zum Sprung in die Geisteswelt ansetzte, um dann vom Schlaf übermannt zu werden, forderte seine Widersacher zu allerlei Schabernack heraus. Zweitsemester banden die Schnürsenkel des Schlafenden wechselweise an Stuhlbeinen, Tischbeinen und aneinander fest. Manchmal, wenn die Knoten seine Füße in diametral entgegengesetzte Richtungen zerrten, machte er auf mich den Eindruck eines rittlings Gekreuzigten. Ihm selbst schien das nicht aufzufallen. Er erhob sich jedesmal mit stoischer Ruhe aus seinem Bücherschlaf. Es dauerte meist nicht länger als eine gute halbe Stunde, dann stieg sein Oberkörper mit gesteiftem Nacken langsam wie eine Bahnschranke über den Folianten wieder auf, als wäre nichts geschehen. Er blinzelte weder, noch schaute er sich peinlich berührt im Bibliothekszimmer um. Er hielt den

Blick starr auf seine Bücher gerichtet, als hätte er lediglich etwas tiefer in den Text geschaut.

Um so ernüchternder dann der Fall, wenn er aufstehen wollte und ihm die Beine versagten. Wer beschreibt die Überraschung in seinen Augen, wenn er urplötzlich in einen nicht für möglich gehaltenen Spagat stürzte oder von einem widerspenstigen Stuhl an den Fersen verfolgt wurde oder auch nur der Länge nach hinschlug, weil er sich beim schwungvollen Ausschreiten selbst das Standbein weggerissen hatte.

Die Bibliotheksaufsicht hatte wenig übrig für die Nöte dieses verhedderten Menschen. Während sie ihm anfangs noch geholfen hatte, die verschiedenen Knoten von Bein und Senkel zu entwirren, verlor sie allmählich die Geduld und drohte zischelnd mit Bibliotheksverbot. Aber er sei doch nur einen Moment lang eingenickt, rechtfertigte sich klagend der Verknotete. Auch das brachte ihm kein Verständnis ein, nur Ermahnung. Wenn er mittags so müde sei, solle er gefälligst nach Hause gehen, kam es in scharfem Flüsterton zurück. Und dann endlich sagte er ihn, diesen Satz, auf den hin sich alle Knoten dieser Welt für ihn hätten lösen müssen, wenn es nach mir ginge: Man ist immer dort zu Hause, wo man am besten schläft.

Er hatte recht.

Am besten schlief ich in unserem Sommerhaus, das meine Mutter von ihrer Mutter geerbt hatte unter der Maßgabe, jedem Familienmitglied eine offene Tür zu bieten, insbesondere ihren Schwestern, die von Testaments wegen leer ausgingen. Und sie hatte viele Schwestern, so viele, daß ich lange Zeit in dem seligen Kinderglauben lebte, mir unter all diesen Frauen, die um mich herumschwirrten, wahlweise eine Mutter aussuchen zu dürfen, je nachdem, welche gerade am besten zu mir paßte.

Es war ein geräumiges Haus, eine Sommervilla, die von der Mutter meiner Mutter zeitweise als ein Kurhotel betrieben wurde, sechzehn Zimmer, mit Blick hinab ins Tal und auf das am Hang gegenüber gelegene Dorf, mit Aussicht auf den Wald, den Weiher und einen alten römischen Fuhrweg, der einmal eine stattliche Allee gewesen sein mußte, von der nurmehr die Bäume übriggeblieben waren, jedenfalls sagte man so. Der Rest waren Felder. Braune, gelbe, grüne Felder, gestreift, gewürfelt oder gescheckt, Felder in Form von Rechtecken, Karos oder Quadraten, die sich weitläufig über die sanften Hügellinien der Landschaft dahinzogen und die man nur lange genug anschauen mußte, um festzustellen, daß sie sich ganz allmählich verschoben und zu wandern anfingen. Leider hatten die wenigsten Feriengäste für die Reize dieser Landschaft etwas übrig. Der Hotelbetrieb wurde schon nach wenigen Jahren wieder eingestellt. Was blieb, waren die sechzehn Zimmer und eine mit Händen zu greifende Stille. Man schlief in diesem Sommerhaus so gut wie nirgends sonst. Man verschlief mitunter ganze Tage. Nur daß sich damit keine Reklame machen ließ.

Ich verbrachte jeden einzelnen Ferientag in diesem Sommerhaus, und das hatte ich mit dem Rest der Familie gemeinsam. Aus irgendwelchen Gründen fuhr ich nie wie andere Kinder in den Urlaub, ich fuhr mit meiner Mutter zu unserem Sommerhaus wie alle übrigen Verwandten auch. Möglicherweise lag es am Geld, möglicherweise lag es daran, daß meine Mutter das Regiment über das Haus und ihre sich ständig vermehrenden Schwestern nicht aus der Hand geben wollte, aber möglicherweise lag es auch einfach nur daran, daß wir alle in diesen Zimmern so gut schliefen wie nirgends auf der Welt. Also fuhr ich auch in späteren Jahren jedesmal während der Ferien dorthin, selbst dann noch, als meine Mutter in zweiter Ehe einen polnischen Landadligen geheiratet hatte, einen Mann mit einem gesichtsumspannenden

Schnurrbart und einer großen Flugentenfarm, auf der sie fortan ihre sorglosen Tage verbrachte.

So auch zu Beginn meiner Semesterferien. Gleich nach der letzten Vormittagsvorlesung packte ich meine Sachen und war schon unterwegs, noch ehe der Kommilitone im Bibliothekszimmer mit einem dumpfen Aufprall vornüber in die Folianten kippen und gleichsam auf akademische Art halb eins schlagen konnte. Es waren die ersten Ferien, in denen Ella Fitzgerald die Schlüsselgewalt über das gesamte Sommerhaus besaß, wohl deshalb, weil sie am besten kochte und unter den meisten Angehörigen als unparteiisch galt. Ella Fitzgerald war kein Familienmitglied im engeren Sinne. Sie stammte aus dem Dorf am Hang gegenüber und war – wie sie zu sagen pflegte – seit sie denken konnte, mit einem Fleischer verheiratet. Diese Ehe war nicht spurlos an ihr vorübergegangen. Sie hatte sich ihrem Beruf mit der Zeit zusehends angeähnelt. Wenn sie so rund und schwer im Laden stand, mit ruhiger Hand Koteletts hackte oder den geräumigen Fleischwolf drehte, dann nahm ihr Gesicht einen Ausdruck innigster Zufriedenheit an. Sie war mit Leib und Seele Fleischerin. Was sie verkaufte, kam von Herzen. Gelegentlich beugte sie sich auch mit ihrem wogenden Dekolleté vertraulich über den Tresen und pries alleinstehenden Herren in einem hingehauchten Flüsterton leckere Hüftsteaks und saftigen Bauchspeck so unwiderstehlich an, daß man meinen konnte, sie spreche von sich selbst.

Seit ich denken konnte – um es mit ihren Worten zu sagen – bekam ich von ihr eine Extra-Scheibe Bierschinken. Das war früher so, als ich mich noch mit kurzen Hosen und lädierten Knien bei ihr in der Fleischerei herumdrückte, und es blieb dabei, als sie schon längst in unserem Sommerhaus lebte und ich in langen Hosen neben ihr in der Küche stand, um ihr bei der Arbeit zuzusehen. Ihr Mann hatte sich nach vielen Jahren kinderloser Ehe in das Fleisch einer Jüngeren verliebt, die ihm prompt ein Paar rosige Zwillinge gebar, zwei stramme Kerlchen, die so schwer zu unterscheiden waren wie ein Spanferkel vom anderen.

Unter Tränen suchte sie damals Zuflucht und Verständnis an fremden Türen. Beides fand sie bei meiner Mutter, die ein offenes Ohr für Kummer aller Art hatte und sich um Ella Fitzgeralds seelisches Wohl sorgte, während uns die wackere Fleischerin tagaus, tagein reichlich bekochte. Ihr Vorrat an Gaumenfreuden schien unerschöpflich. Endlose Tafelschlachten und ohnmächtiger Schlaf prägten von nun an das Leben im Sommerhaus, während Ella Fitzgerald in der Küche ununterbrochen kostete und kochte, immer bauchiger und busiger wurde, bis sie den Platz zwischen Herd und Speisekammer gänzlich ausfüllte. Ella Fitzgerald war mit unserer Küche wie verwachsen. Aber sie hielt trotzdem immer eine Extra-Scheibe Bierschinken für mich bereit, an deren Geruch ich sie mit geschlossenen Augen erkennen konnte.

Ella verschmerzte den Verlust ihres Fleischers zunehmend. Ihre fleischthekenhafte Üppigkeit wuchs ins Unermeßliche. Ihre Vorliebe für weiße Kittel, die sich über der tiefen Busenfalte teilten, blieb. Meine Mutter schätzte sie wegen ihres Geschäftssinns und vertraute ihr bald die Haushaltskasse an, aus der sie für sich selber nichts entnahm außer den gleichbleibenden Beträgen, die sie für ihren gefürchteten Holunderschnaps benötigte. Alle mochten sie wegen ihrer Kochkunst, ich aber liebte sie für ihren Bierschinkengeruch.

Ella Fitzgerald war weder Sängerin noch von schwarzer Hautfarbe, sie kochte und hatte rote Backen. Aber sie lachte wie eine der ganz großen Stimmen des Soul. Manchmal, wenn sie mit meiner Mutter noch bis spät in die Nacht beim Holunder saß, lachte sie so schallend, daß es bis hinauf in mein Zimmer drang und ich mitlachen, mitlächeln mußte im Schlaf. Ella Fitzgerald lachte unmittelbar in meine Träume hinein. Und sie hatte ein Timbre von so beglückender Tiefe, solch zufriedener Fülle und Wärme, daß mein Bauch bei ihrem Gelächter zu flattern anfing wie bei einem kleinen Hunger und ich noch im Schlaf an nichts anderes denken konnte als an Ellas Bierschinken und seinen herzhaften, gaumenwässernden Geruch.

Sie saß noch beim Holunder, als ich nach längst verstrichener Abendbrotszeit in unserem Sommerhaus eintraf – mit einem Rucksack voller Bücher und einem ganz abgehungerten Ausdruck im Gesicht, wie Ella Fitzgerald nicht müde wurde zu bemerken. Der fortgeschrittenen Stunde zum Trotz schwankte sie auf ihren schweren Beinen in die Küche. Ich flehte sie an, nur keine Umstände zu machen, es sei doch schon spät in der Nacht. – Zum Essen ist es nie zu spät, behauptete sie unbeirrt mit schwerer Zunge und blies mir einen Hauch von hochprozentigem Holunder ins Gesicht. Dann erstickte sie sämtliche Einwände mit einer saftigen Scheibe Bierschinken, die sie mir in den Mund schob.

Ella ließ sich nicht aufhalten und kochte, während ich wie in guten alten Zeiten neben ihr in der Küche stand und zusah, wie ihr rundes Gesicht über den Töpfen und Pfannen langsam zu glühen anfing. Es war ein großes Geisteressen, das sie dünstete und briet bis weit nach Mitternacht. Es nahm kein Ende, immer neue Gerichte wurden gar, die wir ungeniert vom Herd weg aßen und mit Holunderschnaps hinunterspülten, um dem Magen wieder auf die Sprünge zu helfen. Ellas oktaventiefes Lachen dröhnte durch das ganze Haus, und für einen Moment malte ich mir aus, wie es sämtliche Zwerchfelle im Umkreis sanft erschütterte und die Schläfer heimlich mit in ihr Gelächter zog. Dann schenkte sie wieder nach und drückte mich an ihre sich machtvoll hebende Brust, die von Bratenfett und verschüttetem Schnaps nur so glänzte. Ganze Mahlzeiten und Gelage ergossen sich über ihre rosige, glatte Haut. Und irgendwann – ich weiß nicht wie – wurde mir so schwindlig und schwer, daß ich meine müde Stirn darauf bettete. Ich weiß nur, daß ich auf einmal an meinen Kommilitonen denken mußte, der mehrere hundert Kilometer von mir entfernt vielleicht ebenfalls in einem gewölbten, weichen Folianten stirngelandet war. Aber da lag ich längst auf Ellas vollem Bauch, der wackelte vor lauter Lachen und schaukelte behaglich in den Schlaf. Er hatte recht – dachte ich noch im Entschlummern – man ist immer dort zu Hause, wo man am besten schläft.

Raserei

Tanja Langer
Bitte streicheln Sie hier!

Als sie an den Schalter trat, spürte ich es.

Geringfügiger Anstieg der Temperatur, kaum wahrnehmbare Veränderung des Geruchs, das heißt, der Geruch von Gewitter, nein, der Geruch nach Gewitter, nasse Stadt und nasser Wald. Laß sie bei der Kollegin an die Reihe kommen, flehte ich, sie nicht aus dem Augenwinkel lassend, beschäftigt, diese neuartigen Gerüche zu verorten. Ich steckte die Leihscheine betont langsam in die Schutzhüllen, schielte über die Schulter. Sie lächelte. Melitta sah mich fragend an, ich mußte, ob ich wollte oder nicht. Meine Strümpfe waren plötzlich zu dick, die synthetische Beimischung im Gewebe fing zu jukken an, der Spann juckte, die Sohle zwickte, seit zwanzig Jahren kaufe ich diese Strümpfe, hatte nie Probleme damit, aber jetzt; reine Baumwolle trägt zu sehr auf, wie sähe das auch aus, weiße Tennissocken zu meinen Halbschuhen aus geflochtenem Leder, schwarze Baumwollsocken kommen nicht in Frage, wenn dir einer auf die Füße guckt, an den Füßen erkennt man den wahren Stand, bleibe angemessen, geize nicht am Schuhwerk und bedenke, schwarze Baumwollsocken färben nach der zweiten Wäsche aus. Ich werde Strümpfe aus Seide kaufen müssen, dachte ich, denn seidig wurde die Luft, je länger sie lächelte. Sie lächelte mit sahnebaisersüßen, süffig siegessicheren Lippen, sie lächelte mit blassen Wangen und angehobenen Augenbrauen, sie lächelte mit Undinen, Medusen, Sirenen im braunen lockigen Haar, das nach gebrannten Maronen und Kiefer roch, Gerüche des Glücks strömten aus diesem teuflisch lächelnden duftenden Haar. Ich hob die Füße vom Boden, um die knistrige Reibung mit dem Teppich gering zu halten, sie hielt ihren Laptop an den Busen gedrückt, der in schwarzem knappem Jäckchen steckte und in einen hellen Hals auslief, rubinrote Steine funkelten, böhmische Granaten, böhmische Wälder, Böhmen liegt am Meer, das graue Notizheft, Stifte, den Schlüssel fürs Garderobenschließfach hielt sie an den Busen gedrückt, an weiche warme Brüste, gleich wird ihr alles herunterfallen, während ich den Weg zum Schalter durchmesse, als sei er von langsam sich härtendem Zement überzogen, als hätte ich die Hosen voll, als wäre ich John Wayne auf dem Weg zur Schießerei. Die Hand mit dem Ausweis legte sie auf die blaue Fläche des Schalters, ich zuckte zusammen, als ich es sah, nie hatte ich auch nur einen Gedanken an diese Oberfläche verschwendet, auf der täglich Hunderte, wenn nicht Tausende Stapel von Büchern abgelegt wurden, abgelegt, rübergeschoben, hochgehoben, alte Bücher, neue Bücher, bis zu zweihundert Jahre alte Bücher, mit roten und grünen Schwänzen, auf denen Kopierverbot oder Nur für den Sonderbereich stand, Bücher mit abgegriffenen, zerfasernden Lederrücken, spröden Seiten, die knackten, wenn der erste Leser nach zwanzig, fünfzig, hundert Jahren sie umblättern wollte, die er vorsichtig voneinander lösen mußte, als hielten sie einander fest, als sei ihr Inhalt eingeschmolzen wie rare Knochen im Sediment der Erde, staubtrockene Seiten, die bei manchen Lesern einen Niesreiz auslösten, in besonders empfindsamen Fällen bis zu allergischen Anfällen hin, während wieder andere mit den Fingerkuppen über die Seiten fuhren, den Tiefdruckbuchstaben nachspürend, als handelte es sich um Blindenschrift

gierig, zärtlich, unduldsam

fühlte ich sie wie den elektrischen Schlag, den mir mein Auto manchmal verpaßt, wenn ich die Tür zuknalle. Ich fühlte sie wie einen Widerstand in der Luft, gegen den ich mich bewegte, machtlos gegen die Anziehung, die sie auf meinen Körper ausübte. Himmel und Hölle taten sich auf, Prickeln und Beben, ich glaubte nach ich weiß nicht wie vielen Jahren an die Engel aus Wenders Film, ja, ich hätte gelächelt, hätte Bruno Ganz seine unspürbare Engelshand auf meine Schulter gelegt und hätte ich sie deutlich und gegen alle Regeln der Wahrscheinlichkeit gefühlt, vorausgesetzt natürlich, daß er es nicht als Bruno Ganz tat, sondern als Engel, wie hieß er noch gleich. Melitta nickte mir aufmunternd zu, Melitta ist ein kinesensorischer Mensch, das hat sie mir gleich am Anfang gesagt, als sie neu anfing hier, drei Jahre ist das schon her, sie scheut bestimmte Leser und schickt mich vor, mich, den bislang Unempfindlichen, bis hier und heute Gleichgültigen, sie sagt, sie könne die physische Nähe bestimmter Menschen, ungeachtet ihres vielleicht liebenswürdigen Charakters, an dem sie, ohne es jemals zuzugeben, gründlich zweifelte, nicht ertragen, los, übernimm du ihn, den Stapel, die Bestellung, und gleichmütig hatte ich alte und neue Bände abgesetzt und rübergeschoben, die neuen Bände, steif, hart, sauber, meistens gebundene Zeitschriften, wissenschaftliche Abhandlungen über Lungenemphyseme, die Ursachen geologischer Krustenveränderungen, die juristische Situation Südafrikas nach der Apartheid, selten sah ich die Titel, nur am Anfang hatte mich das interessiert, welcher Besucher, welches Thema, welche Leserin, welche Obsession, an der Nasenspitze wollte ich es ihnen ansehen, gleich, wenn sie auf den Schalter zusteuerten, sehen, um gesehen zu werden, ab acht ist Disco, sagt Werner immer boshaft, dabei schaut er den hübschen Studentinnen selbst gern auf den Hintern, ich wollte es also wissen, was sie umtrieb, spätestens wenn sie den Ausweis rüberschoben, über diese Oberfläche, die mir heute zum erstenmal nicht mehr kalt vorkam, nicht mehr praktisch, blau, neutral, bedeckt von abwischbaren Fingerabdrücken, über die abends die Frauen der Putzkolonne mit Meister Proper getränkten

Lappen hinüberfuhren, vielleicht schoben sie den Lappen rüber wie die Besucher die Leseausweise, kamen nicht jeden Tag am anderen Ende der Fläche an, an unserem Ende, in ihrem Bemühen, die Spuren des Tages verschwinden zu lassen, diese bakteriell aufgeladenen, mir bis heute völlig nichtssagenden Spuren, die auf meiner Seite also vielleicht nicht immer getilgten Spuren auf der Hartplastikoberfläche, preußischblau, leicht verwaschen, die mir heute wie die feine Flechte auf der rissigen Rinde einer Kiefer schien, langsam gewachsen und verfilzt von Berührungen, diese Fläche des Preußischen Kulturbesitzes, an deren Kante ich hin und wieder meine Hüfte lehnte, gegen fünf am Nachmittag, wenn ich meinen toten Punkt hatte, kurz bevor Frau Mahler zum Tee rief oder den Tee hochbrachte, den ich mir dann auf den hinteren Schreibtisch stellte, wo er allzuoft abkühlte, bevor ich ihn trinken konnte

    schlürfend, süchtig, selig

    durchrann es meinen Körper wie der heiße Tee, Earl Grey, immer ist es Earl Grey, die Macht der Gewohnheit hat meine Widerstände gegen diesen aromatisierten Damentee gebrochen, Frau Mahler hat ihn gebrochen, Frau Mahler, die bei Diskussionen über Teesorten immer angefangen hat zu schwitzen, selbst für mich abgeschotteten Trottel wahrnehmbar zu schwitzen, und die die Oberlippe hochzuziehen begann, bis sie sie nicht mehr herunterbekam, und das alles wegen des heißen Tees, den ich so gut wie nie heiß zu trinken bekam, hier, an meinem Arbeitsplatz, hinter dieser Oberfläche, von der ich bislang geglaubt hatte, daß sich nichts, aber auch nichts auf ihr einschrieb, und auf der ich jetzt ihr Gesicht sich spiegeln sah wie die Deckenlampen, deren Lichtreflexe ich niemals zuvor auf dieser Fläche gesehen hatte und die nun ihr Gesicht umspielten, als wären sie Mondlicht, das sich auf einem Teich bricht, und da waren eingekratzte Linien, die dieses Gesicht überzogen wie allerfeinste märchenhafte Spinnweben, oder sollte ich von den Kräuselungen der Wellen sprechen, um im Bild zu bleiben, ich hätte schwören können, Nachtvögel zu hören, ich hätte schwören können, daß sich in diese kühle blaue Platte nichts einritzen ließ, keine Namen, keine HERZEN, wie wir sie in meiner Schulzeit ins weiche atmende Holz unserer Tische ritzten, ich hörte Plätschern und Planschen, sanftes Eintauchen, seufzendes Auftauchen, überzeugt war ich gewesen, daß wir jeden Morgen bei Null begannen, mikrobenfrei und unverdrossen, man bedenke, all die verschwitzten Hände, die sich darauflegten wie ihre Hand es jetzt tat, mit unlackierten, kurzgeschnittenen Fingernägeln und zarten hellen Halbmonden, Hände, die sich an diesem Tag noch auf diese Stelle legen würden, mir grauste vor dieser Zerstörung, fremde, unbedeutende Hände, längere Zeit ungewaschen, vielleicht seit dem Morgen, an dem wir bei Null begonnen hatten, Hände, die sich in Bussen an Halterungen festklammerten, Hände, die sich auf Sitze stützten, Hände, die Plastiktüten trugen, Aktentaschen, Hände, die eine rasche Mahlzeit auswickelten, nicht auszudenken, über Hosenbeine wischten

flink, fingernd, feucht

flutschte mein Herz hinab zu den Knöcheln, aus meinen kribbelnden Füßen hinaus, über den Teppich hin zu ihren Füßen, als nehme es wie ein tanzendes Holzstück auf einem Seitenarm den Weg zum Hauptstrom, zum großen fruchtbaren Fluß, der sich auf das Meer hinbewegt, das blaue große Meer, an das ich niemals fahre vor lauter Angst zu ertrinken, ich fahre in die Berge, jedes Jahr, mit meinen englischen Wanderstiefeln wandere ich, klettere Felswände, die nicht zu steil sind, hoch, bis die Wiesen nach würzigen Kräutern duften, und wieder hinunter, jedes Jahr ein bißchen mehr die Schwindelgefühle bekämpfend, die mich beim Anblick ihrer schmalen, doch runden, altmodischen und doch so heutigen Gestalt befielen, eine Frau, die im Eskimofell so aufregend ist wie im Badeanzug, ich hielt mich an der Kante, hielt mich an der Fläche, die ihre Handfläche erhitzte, zu ungeahntem Leben erweckte, ein Leben, das, hätte ich in all den Jahren nur die geringste Ahnung davon besessen, mich daran gehindert hätte, meinen Beruf auszuüben, den ich nun gefährdet sah, in Kanus sah ich mich meine Tage, in unerforschten Wäldern meine Nächte verbringen, als ich in die Nähe ihrer hellen Haut geriet, die Nähe ihres nach Wald duftenden Kastanienhaars, das ihr bis zur Taille hinabfiel, in dem sie beim Lesen, den Kopf gebeugt, wie unter einem warmen Zelt wohnen würde, ach, einem Zelt aus Tausendundeiner Nacht, Myrrhe und Amber, ein Zelt für dich und mich, Geliebte, ein Zelt, in dem ich diese köstliche weiße Haut, aber nein, ich würde ohnmächtig, bereits die vorhandene Nähe zwischen uns brachte mich um mein Gleichgewicht, störte meinen Orientierungssinn, alle mußten es sehen, ich fühlte meine Haut

warm, weich, wollüstig

die Plastikoberfläche unter meiner Hand, die knappe siebzehn Zentimeter von ihrer Hand entfernt lag, begann zu schmelzen, ein wenig nur, doch deutlich, wurde weich und nachgiebig wie der Boden unter meinen juckenden Füßen, ich griff mit der anderen Hand nach unten, ertrug das Jucken nicht mehr, mit zwei geschickten, tausendfach am Abend vor dem Fernseher geübten Handgriffen, glücklich, wer unnütze Gewohnheiten hat, eines Tages macht sich das bezahlt, eines Tages erhält alles seinen Sinn, selbst diese müde Junggesellenhandbewegung, mit der ich, ohne die Augen darauf richten zu müssen, die Schnürsenkel lösen und den Schuh vom Fuß schieben konnte, und während sich ihre zarte weiße Mädchenhand auf meine zittrig aufgeregte, von ungeahnten Sinneseindrücken überforderte Junggesellenhand zubewegte, streifte ich mit der anderen Hand, dabei je auf einem Bein balancierend, auch die seit wenigen Minuten unerträglich gewordenen Socken ab, den linken, den rechten, ein Fehler, denn nun war die nackte, gereizte Haut der Fußsohlen erbarmungslos dem synthetischen Teppich ausgesetzt, dessen Gewebestachel mir zu schaffen machten, als seien es die Nägel auf dem Brett eines Fakirs, nur daß ich alles andere als ein Fakir bin, das wußte ich in diesem Moment des Schreckens, in dem ich nichts Zuverlässiges mehr über meine eigene Person zu sagen imstande gewesen wäre, da ich in ihrem Bannkreis stand, den sie mit der Bewegung ihrer Hand immer enger um mich zog

verlangend, verzehrend, verliebt

atmete ich tief gegen das Kribbeln an den Sohlen an, hundert geschlüpfte junge Läuse, richtete mich gerade auf, sah ihr in die Augen, senkte die Lider, denn sie lächelte, oh wie sie lächelte, ich sah Wolken am Himmel aufreißen, sah Palmen und Strände und Iglus und Eisbrecher, als zappte ich durch alle Programme und als blieben die Bilder des weggezappten Programms auf der Netzhaut stehen, nur bei den Sexfilmen schloß ich die Augen, das wäre zuviel, sie mir nackt vorzustellen, wo sie angezogen schon roch wie ganze nordamerikanische Wälder und Silberfüchse und Harz und Honig, nackt würde sie riechen wie der Dschungel des Amazonas, den ich nicht kannte, ich fürchtete die Schwüle, mein Kreislauf würde das nicht mitmachen, er gehorchte mir schon jetzt nicht angesichts dieser wunderbaren jadegrünen Augen mit den langen Wimpern, die mich ansahen und lächelten und mir die Hitze an den Hals schickten, so daß ich meine Krawatte aufbinden mußte, meine mit Äpfeln dezent dekorierte Krawatte, Sonderangebot im KaDeWe, wo ich manchmal am Abend durch die Herrenabteilung bummle und mir abschließend einen Sekt mit Krabbencocktail gönne, welch ein Luxus, natürlich löste ich die Krawatte mit einer Hand,

um nichts in der Welt hätte ich die andere Hand hochgehoben, meine Hand, die so nah an ihrer Hand lag, die dieselbe
Oberfläche berührte, oh diese köstliche zu Leben erweckte
Oberflächenflechte des Preußischen Kulturbesitzes, ich löste
mit einer Geschicklichkeit, auf die ich stolz sein konnte, die
Krawatte, einhändig, während ich mit der mir zu Gebote ste-
henden restlichen Konzentration den Blick auf ihren Ausleihausweis lenkte, wenn sie nur nicht etwas sagte, mit zweifellos
dunkler, samtiger, raunziger Stimme, ich hörte ohnehin schon
Wipfel rauschen, Käuzchen rufen, Äste knacken, sah verwi-
schende, verschwimmende Konturen, als führe ich Karussell
in einem impressionistischen Bild, hell, aufgelöst, alles in Bewegung, sie erhörte mein Flehen, sie lächelte nur, ihr Lächeln
begleitete meinen Blick auf ihren Ausleihausweis, diesen rosa-
weißen, in schützender Plastikhülle steckenden kleinen Be-
rechtigungsschein, dessen Nummer ich mir in einer Zehntel-
sekunde einzuprägen wußte, ein Kunststück, das ich mir in all
den Jahren beigebracht hatte wie im Spiel mit mir selbst,
wenn mir die Tage lang und meine Aufgabe langweilig wurden, nicht immer hat man schließlich verrückte Leser da, die
plötzlich laut werden, alle anpöbeln, wie gestern dieser Irre,
der ein Buch von Stanley Kubrick wollte, den werden Sie
doch wohl kennen, hat er gebrüllt, kurz flackerte er in meinem Gedächtnis auf, um ebenso rasch zu verschwinden, denn
nun glaubte ich, selbst verrückt zu sein, ich konnte nicht
glauben, was ich da auf ihrem Ausweis las, rosa-weiß, es war
ein gewöhnlicher Ausweis, aber anstelle der Zahlenreihe, ich
mußte unweigerlich mein Hemd öffnen, die Heizung war
eindeutig zu hoch eingestellt an diesem ersten frostigen No-
vembertag, ich öffnete also rasch die Knöpfe und starrte auf
die Zahlenreihe, das heißt, ich starrte auf die Reihe der Zeichen, die mich da ansahen und die mir nicht in den Kopf
wollten, doch in den Körper glitten, pfiffen, zischten, meine
Füße tänzelten bereits auf dem synthetischen Teppich wie
zum Absprung in dieses Ungewisse, das ich nicht glauben

konnte, das nur mein Körper verstand und das mich wie ihr Lächeln siegessicher ansah

Bitte streicheln Sie hier!

schwarz auf weiß, unmißverständlich, ich nahm die Karte hoch, ich löste sogar die Hand von der Oberfläche, stand still auf meinen Fußsohlen, zog das Hemd mit einer Hand aus, in der anderen hielt ich ja IHRE Karte

Bitte streicheln Sie hier!

und fragte mich, ob dieser Satz, der doch einen recht zwingenden Auftrag enthielt, auf allen Karten stand oder nur auf dieser, die mir die hellhäutige kastanienhaarduftende Person mit dem an den Busen oh Busen gepreßten Schreibgerät überlassen hatte, ich schlüpfte aus dem einen, dann aus dem anderen Ärmel, den Blick zwischen der Karte und ihren Jadenejadeaugen hin- und herirrend

Bitte streicheln Sie hier!

die Arme schwingend, meine durch jahrelanges Bücherstapelheben und ebensolanges Hantelnheben vor dem Fernseher muskulös gewordenen Arme, männliche Arme, Grizzlybären besiegende Arme, Arme, die sich sehen lassen konnten, Arme, die sie mit großer Anerkennung, wie mir schien, sah

Bitte streicheln Sie hier!

stand noch immer auf der Karte, stand, stand, stand,

wo sollte ich streicheln, die Karte ja wohl nicht, die Oberfläche, die uns trennte, nicht, wem noch würde sie diese Karte zeigen, wen würde sie auffordern zum Streicheln, sollte ich etwa sie streicheln, Zapfen streicheln, ihr nach Wald riechendes Haar streicheln, ihre blassen federzarten Wangen, auf denen nach wie vor dieses unzweideutige Lächeln lag, mit dem sie nur mich meinen konnte, mich allein, niemand anderen, sollte sie eine Hexe sein, die nach Bedarf Zahlen durch Buchstaben zu ersetzen wußte, mit leise gehauchtem Kinderreim, mit hinter dem Rücken gekreuzten Fingern, apropos, wo war denn jetzt ihre Hand, die bislang gemeinsam mit der meinen auf der Oberfläche des Tisches gelegen und den Kunststoff zum Erweichen gebracht hatte, tatsächlich registrierte ich blitzschnell zwei Senkungen an den Stellen, an denen unser beider Hände gelegen hatten, wo war ihre Hand, ich hatte auch eine Hand frei, jetzt, da ich das Hemd glücklich vom Leib gestreichelt hatte, richtig, ich hatte es gestreichelt, ich hatte es genau gefühlt, wie es über meinen Rücken glitt, meine Arme, meinen Leib, Wüstenwind, Wirbelwind, ich begann schon mit dem Streicheln, ich streichelte die Oberfläche, die preußischblau schimmerte wie ein See, streichelte, um mich zu kühlen, streichelte zu ihr hin und spürte sämtliche Spuren möglich gewesener Geschichten und Begegnungen an meiner Handfläche, ich wollte fort von diesen fremden Möglichkeiten hin zu ihrem Haar, ihrer Haut, ihrer Brust, ihrem weichen, warmen, wollüstigen Bauch, und so sah ich nicht die freie Hand, die mich überfiel wie aus dem Hinterhalt, obwohl sie doch von vorn kam,

Bitte streicheln Sie hier!

als diese Hand mit den kurzgeschnittenen Fingernägeln auf meinem Hals aufsetzte, einen Flächenbrand auslöste, der hinaufstieg in mein Gesicht, der meinen Schädel überzog, Myriaden summender Insekten, der den Rücken wieder hinabschoß bis hin zu meinen Fußsohlen, ein Brand, der die Oberfläche meines Körpers aufflammen ließ, so daß mir nichts anderes übrigblieb, als die Karte Karte sein zu lassen (zumal ich ihren Inhalt kannte und nicht meine Zeit damit verschwenden mußte, wie ein Idiot daraufzustarren), wo es doch wichtigere Dinge zu tun gab, wie etwa der Hand, die mich an der Hose packte, Gehorsam zu leisten und mich meines Unterhemdes zu entledigen, das überflüssig war

Bitte streicheln Sie hier!

flehte ich nun diese kleine zarte Hand an, die diesen Brand ausgelöst hatte, den wiederum nur ihre Berührung zu kühlen imstande war, sie, meine angebetete namenlose SIE, vibrierende Venus, namenlos, weil, und das war die weitere Besonderheit ihres Ausleih- und Lese- und Streichelausweises, gar kein Name wie sonst unter der ohnehin nicht vorhandenen Nummer stand, sie erhörte mein Flehen, den unausgesprochenen Wunsch, der mich erfüllte, lächelnd und diesen überwältigenden Duft ausströmend, der mich an glückliche Bergwanderungen erinnerte, an Nächte unter sternklarem Himmel, wenn ich vor Erschöpfung tief entspannt auf dem Rücken lag und Sternbilder zu erkennen suchte, wenn ich an meine erste kleine Freundin dachte, die Alma hieß und Sommersprossen hatte und auf eine überaus seltsame Art zu küssen verstand, die mich unbeholfen wie ich war zu feuchten Entladungen innerhalb von wenigen Minuten brachte, ein Schicksal, dem in meiner aktuellen Lage zu entrinnen ich betete, wogegen ich ankämpfte, denn niemals sollte das aufhören, was gerade geschah, daß SIE ihre kleine zarte Hand mit den kurzgeschnittenen Fingernägeln, die blassen Halbmonde nicht zu vergessen, hinabwandern ließ, über meine Brust, meinen Bauch, meinen heißen sehnsuchtsvoll nach dieser Kosung schreienden Leib, dessen Zellen sie in Aufruhr, dessen Behaarung sie in Unordnung brachte, der zum Wohnort meines Herzens geworden war, das in ihrer kleinen Hand schlug und flatterte und flehte

Bitte streicheln Sie hier!
und hier!

und hier!

hatte ich gar nicht bemerkt, wann sie ihren Apparat fallengelassen hatte, um mich an der Hose zu packen, die keine Sekunde länger an meinem Körper zu bleiben wünschte, der geholfen werden mußte, die ich mit einer Hand zu öffnen hatte, aus der ich auszusteigen hatte, die äußerst schwierig zu öffnen war, da sie von dieser kleinen dominierenden Hand gehalten wurde, wie sollte ich das anstellen

Bitte streicheln Sie hier!

rief ich, längst unbekümmert gegenüber allen Anwesenden, längst sicher, was SIE mir zu sagen wünschte, unbekümmert, was den Rest meines Lebens betraf, das sich vor mir ergoß wie ein Lavastrom, der mich mitriß zu ihr hin, der meine Hand in ihr Zelt zog, ihr wallendes hüftlanges Haar

Bitte streicheln Sie hier!

verlangte ich, damit sie die Hand von der Hose ließ, damit sie mich die Hose öffnen ließ, damit sie auch meinen Unterkörper streichele, damit sie diese Hitze kühle, so wie ihre andere Hand meinen Bauch streichelte, zur Hose hin, in der es zerrte und tobte, derer ich mich nun wirklich entledigen mußte, sollte kein Unglück geschehen, und noch war ich nicht in diesem Haar gelandet, zögerte den Moment der Berührung hinaus, weil ich die unmittelbar bevorstehende Explosion kommen sah, so wie ich sie kommen sah, sie auf mich zukommen sah, als sie plötzlich die Hose ließ, die Jacke aufriß, und schon war ihre Hand wieder an meiner Hose, die zu öffnen mir in einer Blitzaktion gelungen war

gierig, zärtlich, unduldsam

diese Hitze, von der ich befallen war, seit sie an den Schalter getreten, diese Hitze, die die Atmosphäre verändert, die Oberfläche des preußischblauen Schalters zu Leben erweckt und zum Schmelzen gebracht hatte, diese Hitze, die mich veranlaßt hatte, mich meiner Schuhe, meiner Strümpfe, meines Hemdes und Unterhemdes zu entledigen, diese Hitze, die nun Kühlung suchte, bei ihr, in ihrem kühlen amerikanischen Fichtenwald, oder waren es Kiefern, diesem Wald, der so roch wie alles, wovon man ein Leben lang träumt, und

Bitte streicheln Sie hier!

bibberte ich, wie man auf dem Höhepunkt einer fiebrigen Krankheit zu zittern beginnt, zu frieren, obwohl die Hitze des Körpers festzustellen ist, obwohl die Haut glüht wie Kohlen in einem langsam prasselnden Feuer, da endlich fiel die Hose, da endlich zog ihre Hand meine Unterhose runter, da endlich wanderte ihre kleine zarte Hand dorthin, wo ich sie haben wollte, da endlich öffnete sich mir das Zelt aus Tausendundeiner Nacht, ich spannte Waden, Oberschenkel, Hintern an, ich stützte die freie Hand auf die Oberfläche, stützte mich auf diesen meinen Arbeitsplatz, wie ein Turner sich auf den Bock stützt, um mich hinüberzuschwingen, in elegantem Seitwärtssprung, die Beine gestreckt, in rechtem Winkel zum Körper, muskulös, graziös, maliziös, über Preußischblau, verwaschen, hinüber zu ihr, zu ihr, zu ihr

Bitte streicheln Sie hier!
stöhnte ich
Bitte streicheln Sie hier!

als mich entschlossene Hände packten, falsche Hände, feindliche Hände, neidische Hände, Melittahände und Frau Mahlerhände, als sie mich packten in meinem Sprung ins Leben, mich hielten, mich zogen, mich zerrten

Bitte streicheln Sie hier!

fort von meiner überraschten Geliebten aus Tausendundeiner
Nacht, die stand und zu lächeln aufhörte und ihren Laptop an den zarten hellen Busen gedrückt hielt, das graue Notizheft, den Garderobenschlüssel, gleich würde alles herunterfallen,

Bitte streicheln Sie hier!

schluchzte ich, eingesperrt im abschließbaren keimfreien
Arbeitsraum mit der Schreibmaschine

Bitte streicheln Sie hier!

schrie ich in der kalten grünen Minna, polizeilicher
preußischer Kulturbesitz, verwirrt, notdürftig bekleidet, auf
dem Weg zu Bonnys Ranch, zu weißen Jacken und Gummi-
zelle, wie ein Bazillus, der sich verbreiten könnte, sich erstrek-
ken auf den Preußischen Kulturbesitz, lächelnd, duftend, lie-
bend, phantastisch, subversiv
bis ALLE flüstern würden
revolutionär

Bitte streicheln Sie hier!
so wie ich nun
flüstere
ohne Besinnung
hauche
in alle Ewigkeit

Bitte streicheln Sie hier!
Bitte streicheln Sie hier!

Kerstin Hensel
Gefunden

Ulla Poneffke benötigt keinen Kompaß. Das ganze Jahr über ist sie sich sicher. Sie kennt den Wald zwischen Lieberose, Blasdorf und dem Spitzberg, weiß immer, wo Norden ist, und hat sich, selbst wenn sie manchmal schon fast polnisches Gebiet betritt, noch niemals verlaufen. Ulla Poneffke sammelt Pilze. Mit Spankorb und einem alten, zusammenklappbaren Rasiermesser ist sie unterwegs, das ganze Jahr über. Sie weiß nicht, wann das Jahr für sie beginnt und wann es endet, denn jederzeit findet sie Pilze. Noch im trockensten Sommer zeigt sich ihr unter Buchen rotstielig der Ledertäubling. Im eisigsten Winter erntet sie unter der Schneedecke Büschel von samtfüßigen Rüblingen. Im Mai ist die Zeit der Frühlorchel, die Ulla scharenweise aus den Wäldern holt, trocknet oder abkocht, und wenn sie, mit Butter, wildem Majoran und Petersilie das Gericht abrundend, gegessen hat, verlangt sie nach mehr. In der Zeit, wo die Pilze in unzähligen Arten aus dem Boden schießen und Ulla gelegentlich anderen Pilzsammlern begegnet, im Spätsommer also, ist der zarte Scheidenstreifling der erste, der an feuchten Stellen des Waldes Ulla spitzfindig macht. Die Zeit des Überflusses ist die Zeit der Auswahl. Ullas Messer schneidet nicht jeden Pilz. Ranzige Trichterlinge und Rötlinge läßt sie unbeachtet stehen, während der nach Marzipan duftende Schneckling, der entlang von Waldwegen wächst, durchaus in Ullas Korb findet. Den roten Saftling, auf sumpfigen Wiesen angesiedelt, meidet sie aufgrund der verdächtigen Farbe, wohingegen sie den würzigen Schleimkopf mit seinem halbkugelig schmierigen Hut gern samt Wurzel aus dem Boden dreht. Die gewöhnlichen markttauglichen Pilze überläßt Ulla Poneffke den anderen Sammlern. Es ist keine Kunst, in dieser Gegend binnen kürzester Zeit kiepenweise Steinpilze und Pfifferlinge aus den Wäldern zu schaffen. Ulla bevorzugt das Ungewöhnliche. Sie streift durch das Unterholz und geht an alle Arten von Ständerpilzen. Sie läßt sich von Reizkern verführen, kostet Wulstlinge, Dickstielritterlinge und die sonderbaren Drüslinge. Sie sammelt sie alle in ihren Korb und erfreut sich der duftenden Mischung.

Eines Tages, es ist Hochsommer und der Wald voller Mücken, will Ulla Poneffke den Korb nur halbvoll lassen und eher als üblich zurück nach Hause gehen. Sie hat ein fremdes Gefühl befallen, als würden seltsame Gifte zu wirken beginnen und etwas in dieser Welt ihr nicht genügen. Ulla wird müde und beschließt, an einem umgestürzten Eichenstamm, an dem, wellig verbogen, leuchtend rotgelbe und mit dickem Haarfilz bedeckte Trameten wachsen, auszuruhen. Den Kopf ins Moos gelegt, schläft sie. Als Käfer und Ameisen sie leblos wähnen und besetzen, erwacht Ulla und sieht sich nicht mehr allein. Neben ihr, keine zwei Meter entfernt, schläft ein anderer Mensch. Ulla spürt das Herz bis in die Schläfen klopfen. Der Mann rührt sich nicht. Er scheint aus dem Boden hervorgegangen, liegt gekrümmt, in schmutzig blättriger Kleidung und barfuß. Ulla wartet eine Weile, ob er vielleicht von selbst erwacht, aber der Fremde wechselt nur einmal kurz seine Lage, um bequemer weiterzuschlafen. Jetzt hat er Ulla die Vorderseite zugedreht. Sie sieht sein Gesicht. Doch kann sie es nicht wirklich erkennen, denn er trägt einen bis auf die Brust fließenden rotblonden Bart, der sich an den Schläfen mit dunklerem Haar vermischt, das wiederum glattsträhnig den Kopf bedeckt und somit Ulla Poneffke ein zweifarbiges Männerexemplar präsentiert. Unter dem an der Knopfleiste zerrissenen Hemd erkennt sie helles Brusthaar, weiter unten, wo die Hose ein wenig über die Hüfte gerutscht ist, zeigt ein Streifen blondes Gewölle Geheimnisse an. Schon ist die Pilzsammlerin ein Stück auf den Waldschläfer zugerückt.

»He, Sie!« sagt Ulla und klappt vorsichtshalber ihr altes Rasiermesser auf. Der Mann schreckt hoch. Er sitzt plötzlich aufrecht, groß, von starkschultriger Statur und in herbstlichem Alter. Ulla hält das Messer vor sich, aber der eben Erwachte hat kein verdächtiges Ziel, sondern Angst. Angst läßt ihn rückwärts rutschen durch Holz und Moos. Angst läßt ihn am nächsten Baum sich aufrappeln und Ulla Poneffke abwehren, aber Ullas Messer kappt nur Pilze. Zum Beweis zeigt sie ihren Korb vor. Halbvoll mit kleinen, kräftigen, brustwarzenförmigen Schirmlingen und strohfarbigen buckligen Milchlingen. Dankbar streckt der Mann Ulla die rechte Hand entgegen und sagt: »Zygfryd.«

Dann läuft er davon. An Sträuchern und Bäumen vorbei schlägt er Haken und ist bald verschwunden.

Jeden Tag zieht es Ulla Poneffke nun an jene Stelle, wo ihr der Rotbärtige erschienen war. Jeden Tag bleibt Ullas Korb etwas leerer, weil sie ihr Sammelgebiet nicht mehr erweitert. Bis zu jenem Morgen, als sie Zygfryd an einem Waldbach sieht, nackt, nur von Sonnenkringeln umspielt. Hose und Hemd hat er an Zweigen ins Wasser gehängt, steigt nun selbst hinein und wäscht sich. Mit beiden Händen schöpft er das Wasser und spritzt es sich auf die Brust. Er bückt sich, legt sich in den flachen Bach, taucht auf und schüttelt den Bart aus. Sommersprossen bedecken Zygfryds Körper. Vom Hals bis zu den Waden: reizende gelbbraune Tupfen, deren Anblick Ulla Poneffke in einen wunderlichen Taumel versetzt. Einen Moment lang überlegt sie, ob sie einem Wilddieb, einem illegalen Grenzgänger oder nur einem Waldschrat verfallen ist, dann aber tritt sie entschlossen auf den Badenden zu, legt ihrerseits die Kleider ab und steigt durch das grasumwachsene Ufer zu ihm. Sie hat die Morchel sofort gefunden. Fest im

Griff prüft sie ihre reife Stämmigkeit, die zart genatterten Ränder und findet sie genießbar. Ulla Poneffke sucht weiter, obwohl sie längst gefunden hat. Sie sucht, weil Suchen das Schönste ist, Suchen und Verstecken. Zygfryd sucht seinerseits und findet unterirdisch den Fruchtkörper des Becherlings, wäßrige Zärtlinge, höher an Ulla den rosa Nabeling und die vielgestaltige Zungenkeule.

»Rób dalej!« sagt Zygfryd, mach weiter! Und Ulla Poneffke tut es. Da blitzt das Messer vor Zygfryds Augen. Ehe er imstande ist, sich zu wehren, hält Ulla ein Büschel krauses Rothaar in der Hand.

»Ich will dein Gesicht sehen«, sagt sie.

Zygfryd schüttelt den Kopf. Versteht nicht, was die Frau noch von ihm verlangt, außer, daß er ihre Leidenschaft für Pilze teilen soll. Er will nicht rasiert werden: »Prosze nie golic!«

Aber Ulla erntet, was ihr im Weg steht. Schwadenweis fällt der Bart, bauschig um das Kinn herum, dünner an den Wangen, er treibt den Bach hinunter, verfängt sich an überhängenden Zweigen und strudelt unwiederbringbar davon. Als Ulla noch einmal sauber nachgeschabt hat, steht Zygfryd vollendet. Sommersprossig die hohe Stirn, darunter tiefliegende blaue Augen, an die Ulla Poneffke sofort ihre Lippen führt und die Lider küßt, Wangen und Ohren, um das Jochbein herum, die gerade Nase und Zygfryds Lippen findet in zartem Schwung, mit schmal auslaufenden Mundwinkeln, die er jetzt lachend nach oben zieht, ein richtiger klassischer Lachmund, der »Rób dalej!« ruft, als Ulla das vortreibende, nunmehr glatte Kinn mit ihrer Zunge abtastet, ungeachtet seiner herbstlichen Lamellen und dem beginnenden Zerfließen der Zeit.

Ulla Poneffke trifft Zygfryd noch einmal Ende Oktober. Er steht mit einem Korb vor ihr und sagt: »Znalazłem grzyby.« Ich habe Pilze gefunden. »Ungenießbar«, sagt Ulla und kippt auf den Waldboden, was Zygfryd gesammelt hat: Krempling und Fliegenpilz. Anderes hat sie erwartet, mehr Kenntnisse ihrer Leidenschaft, nun muß sie ihn lehren, was schmackhaft ist. Sie streicht dem Mann über den stoppelig nachgewachsenen Bart und lehnt ihn mit dem Rücken an eine Kiefer. Ulla ergreift zwei Äste in der Höhe seines Kopfes. Ihr rechter nackter Fuß ertastet einen weiteren Ast, der aus dem Stamm oder aus Zygfryd ragt, der plötzlich hervorgetrieben ist, wie ein Pilz nach Gewitterregen, und dem sie nun aufsitzt. Wenig später kniet sie vor einem Baumstumpf, und während Zygfryd von hinten einen festen Herkules aus der Gruppe der Keulenpilze wachsen und zwei Boviste nachfühlen läßt, sieht sie am Holz den Astschwindling. Klein und weiß, auf dünnem Stiel deutet er das Ende an.

Ulla Poneffke benötigt von diesem Tag an einen Kompaß. Immer wieder muß sie den Ort ihres wunderbaren Fundes suchen, und wenn sie dabei auf polnisches Gebiet gerät, kennt sie nicht Norden, nicht Süden. Manchmal, wenn sie heimlich von den Giften der Pilze nascht, erscheint ein Schrat mit zweifarbigem Haar und küßt ihr die Hand.

»Całuję rączki!« flüstert er und verschwindet gleich wieder in den Bäumen.

Christoph Peters
Im Supermarkt

Vielleicht ist es nur die Luft nach dem Winter, der zu lang war, wie alle Winter.

Ich bin aus dem Haus gegangen. Ich werde etwas kaufen, ein großes Essen für Susanne kochen, Wein mit Susanne trinken. Irgendwann heute abend.

Sie geht vor mir her. Das ist ihr gutes Recht. Kein kurzer Rock, keine hochhackigen Schuhe. Zupft an ihrem T-Shirt: orange-blau-weiße Querstreifen. Vermutlich trägt sie es heute zum ersten Mal seit Monaten wieder. Ich kenne ihr Gesicht nicht und habe nie ein Wort aus ihrem Mund gehört. Die Bewegung der Hüfte; dickes, krauses, dunkelbraunes Haar, das bei jedem Schritt schwer auf den Rücken fällt. *Die Bäume schlagen aus.*

Ich sage: »Gnädigste, kommen Sie mit mir hier den Feldweg hinunter ins Buschland, es ist niemand dort um diese Zeit, und die Sträucher stehen eng. Spüren Sie nicht, daß wir in diesem Moment für den Fortbestand der Welt eine Rolle spielen könnten.«

Ihre Ohrfeige, aus der Drehung, kurz und hart, ist nicht persönlich gemeint, nur eine Gewohnheit, die sie gelernt hat, ein Ritual, jünger als mein Satz, genauso veraltet. In ihrem Blick für einen Moment Ärger über die Regeln der Mütter und Großmütter, nicht genug für Auflehnung. Sie wird den Blick vergessen, ihren Freundinnen erzählen, daß ein Mann, eine Sau versucht habe, sie ins Gebüsch zu zerren. Womöglich wird sie zur Polizei gehen.

Ich erhöhe mein Schrittempo. Wir erreichen jetzt den Teil des Bürgersteigs, wo die Äste so weit aus der Hecke ragen, daß keine zwei Menschen nebeneinander gehen können, ohne daß einer sich die Arme zerkratzt oder auf die Straße gedrängt wird. Ich überhole sie, falle zur Seite, in sie hinein, mit Mühe fängt sie unseren Sturz ab, fährt mich empört an: »Sie, du – kannst du nicht aufpassen!«

Und dann, als ich mich entschuldige, »mir ist gerade ein wenig schwindlig geworden, eine kurze Irritation des Kreislaufs, die Knie sind mir einfach so weggebrochen – kann ich das irgendwie gutmachen?«, lächelt sie mit aller Vergebung, die eine Frau gewähren kann: »Laden Sie mich zum Essen ein, ich weiß ein nettes Restaurant ganz in der Nähe, das öffnet in zehn Minuten.«

Sie biegt in die Auffahrt zum Supermarkt ein, immer noch drei Meter vor mir, ich habe sie weder überholt, noch davonziehen lassen, ich habe ihr Gesicht immer noch nicht gesehen, nur das Haar, den Hintern: kräftig und fest wie bei einem Rennpferd.

Ich denke an Susanne, die erst in sechs oder acht Stunden kommt, hungrig und müde, der ich Huhn mit Morchelrahm versprochen habe, süße Erbsen.

Sie schaut nach links wegen der Autos, ihre Nase ist sanft gebogen, ihr Kinn scharf geschnitten: Das Profil einer vornehmen Orientalin. Bei den Einkaufswagen stehe ich neben ihr, sie durchsucht ihr Portemonnaie nach einem Markstück, vergeblich, ich halte ihr meins hin, auf der flachen Hand, als wolle ich ihr Zucker geben, sage: »Nehmen Sie das, ich habe drei. – Erlauben Sie mir dafür, daß ich einen Moment in Ihrem Haar rieche.« – Da lacht sie, als sei das der natürlichste Wunsch der Welt, dreht sich um, wendet mir den Rücken zu, wirft den Kopf in den Nacken: »Bitte! – Ich habe es heute morgen mit frischem Ei und Kokosmilch gewaschen.«

Aber dann findet sie doch eine Mark. Ihre Hände, die schlank sind und kraftvoll, ziehen den Wagen mit einem leichten Ruck aus der Reihe. Ein unsichtbarer Palastdiener öffnet auf ihr kaum merkliches Winken hin die Tür. Verbeugt sich stumm und sehr tief, schlägt die Augen nieder: Nie würde er wagen, sie mit einem Satz zu belästigen, geschweige denn mit einem lüsternen Blick: Der könnte ihm das Leben kosten.

Wir sind Seite an Seite bei den Feigen, den Litschis, den Kumquats. Sie zuckt kurz, als ich versehentlich ihren nackte Ellbogen streife, beim Griff nach derselben Frucht. Nickt huldvoll, als ich ihr den Vortritt lasse, sie ist es gewohnt, daß man ihr den Vortritt läßt. Souverän, wie nur Frauen aus alten Beduinengeschlechtern souverän sind, wissend, daß Aufstieg und Fall von ihrer Gunst abhängen. Im Schwarz ihrer Augen steht geschrieben, daß es sie nicht sehr beeindruckt, wenn jemand ihretwegen stirbt, dafür waren es schon zu viele, Generäle darunter, Gelehrte, Hofnarren. Sie dreht eine Mango hin und her, prüft den Reifegrad durch leichten Daumendruck. Ein halbjunger Verkäufer starrt sie über einen verspiegelten Pfeiler an, wagt aber nicht einmal, ihr zu sagen, daß die Mangos heute morgen frisch eingetroffen sind. Sie rutscht ihr durch die Finger, nein, sie läßt sie absichtlich los, schaut mich an, ich bin sicher, daß sie mir nur Gelegenheit geben will, vor ihr auf die Knie zu gehen. Die Schale ist aufgeplatzt, Saft läuft aus, die kleine Pfütze auf dem Marmor ist eine Geschmacklosigkeit. Sekundenbruchteile später kniet sie neben mir, sagt: »Danke, das ist sehr freundlich von Ihnen.«

»Keine Ursache – verraten Sie mir dafür Ihren Namen?«

»Aischa.«

»Ich bin der Maler Robert von Eisleben, wann darf ich Sie portraitieren?«

»Gar nicht.«

Es gibt keine süßen Erbsen um diese Jahreszeit, nicht einmal aus Südafrika oder Neuseeland. Ich verliere sie, sie verflüchtigt sich zwischen Konserven, Mehl, Gewürzen. *Was ma-*

che ich hier? Schiebe meinen Wagen durch Regalreihen, in denen ich nichts suche. Laufe blind am Rasierschaum vorbei, am Olivenöl, obwohl beides auf meiner Liste steht, bis ich sie wiedergefunden habe, das Scheherazade-Haar, den Araber-Hintern. Neben dem Fisch, vor den Eisschränken. Sie begutachtet Tiefkühlpizzen: Margherita, Tonno, Quattro Stagioni. Liest die Angaben mit den Zutaten, legt alles zurück, angewidert – eigentlich sollte dafür jemand sterben – »Wo ist mein Henker?« – greift nach einer Fertiglasagne, nur einer, legt sie in ihren Wagen: Die Königin wird heute alleine essen. Das tut niemand gern, da müßte sich anknüpfen lassen: Selbst große Herrscherinnen haben Kinder von Kammerdienern, von Stallburschen geboren.

Ich sage: »Dieses Zeug wird Ihnen kaum schmecken, ich habe Zeit, erlauben Sie, daß ich Ihnen etwas koche, worauf hätten Sie Lust?«

»Wozu«, entgegnet sie, »hinter den Getränkeregalen gibt es eine Abstellkammer, da kommt nie jemand hin.«

Sie nimmt meine Hand, reißt mich fort, wir lassen die Wagen stehen, die Verkäuferinnen füllen Sardinen nach, Dosenbier, Hundefutter, halten uns für ein Paar, sind froh, daß wir die Klingel nicht drücken, kein Leergut zurückgeben wollen – sie haben genug zu tun.

Der Raum ist fast finster, nur schwaches, umgeleitetes Licht aus einer vergitterten Luke. Ich kann sie kaum erkennen. Rieche Nachtschweiß, Koriander, Safran. Sie drückt ihre Lippen auf meine, sie schmecken nach Minze, nach bitterem Tee. Ihre Zunge ritzt Ornamente in meine Mundhöhle, Linien, Buchstabenfolgen in einer fremden Schrift, die ich verstehe und nicht verstehe. *Allahu gamil, jahebbu gamal.* Ihr Rock rutscht zu Boden, weich und fein, wie ein Fesselballon bei der Landung, sie hat ihn selbst geöffnet. Ich bin sicher, daß sie diesen Raum kennt, daß es nicht ihr erstes Mal hier ist. Lehnt sich zurück, gegen einen Schreibtisch, eine Kommode, sonst ungenutzt. Unter ihr knirscht es, zum Glück kein Glas.

Ich sehe nur noch das Weiße ihrer Augen, sie sind ganz weiß, das einzig wirklich Helle in dieser Dunkelheit. Sie ist ganz still, nur der Brustkorb hebt und senkt sich schneller, nicht sehr. Meine Hand sucht in ihr, als hätte ich dort einen kostbaren Stein verloren, während sie ihrem Traum nachspürt, dem Pferdetraum: Älter als sie selbst, älter als ihr Volk, das seine Nächte in flatternden Zelten verbracht, sich aus Windhosen geschält hat, mit dem Wüstenstaub geflogen ist, als ein Schrecken der Feinde, als Ende der Welt. Unter gnadenlosem Himmel, tödlicher Sonne. Und *es gab keine Sporen, es gab keine Zügel.* Nur den Geruch von Pferdeschweiß, verbrannter Erde in der Luft, das Dröhnen der Hufe, das schrille Pfeifen der Peitsche vor dem Schlag, platzendes Trommelfell, wegspritzende Tropfen, die im Fallen verdunstet sind, ehe der Sand sie verschlucken konnte, und den harten, unnachgiebigen Druck der Schenkel gegen den überhitzten, nassen Leib – *schon ohne Pferdehals und Pferdekopf.*

Später stehen wir hintereinander an der Kasse, jeder für sich, als würden wir uns nicht kennen. Die Hälfte dessen, was ich kaufen wollte, fehlt, aber das spielt keine Rolle. Ich beuge mich vor, atme noch einmal den Geruch ihres Haars ein. Der Gang ist sehr schmal. Als sie meinen Atem in ihrem Nacken spürt, dreht sie sich um und legt ihren Zeigefinger an die gespitzten Lippen. Unsere Gesichter sind einander so nah, daß weder die Kassiererin noch die anderen Kunden sehen können, was geschieht.

Orgasmus

Kathrin Röggla
Bettgeschichte (Platz für Geschichten)

wenn man fickt, vermeint man doch was zu erleben, da muß doch was weitergehen. man meint, aus dem vögeln kommen immer zwei raus und nicht nur einer, immer zwei, die was zu erzählen haben, die aber dann mal ordentlich loslegen und loserzählen. keiner bleibt darin zurück. doch wie gelogen, was für eine unterstellung, liegt er im bett, liegt er da und sieht gegen die decke.

sex im strohhalm, so geht es eben nicht weiter – »was hast du gesagt? wo geht's hier weiter?« – sie antwortet aber nicht. nix nix findet statt, nix nix ändert sich, weiß er, und so ist sie wohl überläuferin geworden, wie man sagt, verräterin an der eigenen sache, so geht das schon eine ganze weile, doch er ist da kein idiot, so wie er liegenbleibt auf dem bett, geradeaus, als ob ihm was weggeschnappt worden wäre. »was hast du gesagt?« – »nichts.« – »gut, gut«, er sagt bald auch nichts mehr, und sie, sie hat sich jetzt aufgerichtet, sieht einfach hinaus auf die große baustelle da draußen. zimmer mit meerblick könnte man beinahe sagen, nur kräne und häuser, die hochgezogen werden, die fensterscheiben bedeckt mit leichtem staub. der himmel dahinter fast grau mit einem stich vielleicht ins gelbe.

da den anfang des nachmittags ausmachen, das kann man nicht so leicht, zumindest er findet den faden nicht mehr. irgendwo im gelben staubhimmel, irgendwo in der küche, durch die jetzt das geräusch der kreissägenoma aus dem hinterhof dringt. ja, die kreissägenoma hält nicht still, mit ihr hat man sich zu beschäftigen, sie macht hier den entscheidenden lärm. »und was macht sie mit all dem holz?« – »sie stapelt es in ihrer wohnung, nehme ich an.« – »kann man da nicht was dagegen machen?« – »ach, alles schon versucht.«

er hätte ja gerne platz gemacht für ein anderes tier, doch es ist nicht vorbeigekommen, so mußte er es wohl selber gewesen sein, dann aber hätte er gerne mehr gehabt von sich als tier, aber auch da ist nichts daraus geworden, nur komisch sah es sicher aus. de sade, denkt er jetzt, die mechanik des geschlechtslebens in buchstaben, die vorstellung von barocken tiermaschinen, die man aufeinander losläßt, kleine kopulation mit grauem schwanz und grauer vagina, klitoris. ja, das ergibt ein kompott aus echten stellen: und: »auswendiggelernt de sade?« aber nein, muß doch nicht sein. ist doch wie malen nach zahlen, ist doch wie statistik lesen und darauf reinfallen für immer, so würde sie es wahrscheinlich sehen, reicht doch so ein bißchen bewegung, würde auch er normalerweise sagen, doch das ergibt keinen rechten sinn heute nachmittag. und privatsprachen entwerfen auf einem privatterrain, nein, das darf nicht sein, hat sie beschlossen, weiß er bescheid: »gut, also schweigen wir.«

und so bleibt hier noch platz für fichtes erzählung von der siebzigjährigen mutti, der siebzigjährigen nutte, die springen mußte: hüpf, und sich die brüste über die schultern werfen. und sie hat es getan, ja, das waren noch zeiten! aber hier? nein, da bleibt nur noch platz für fichtes erzählung von der siebziger jahre nutte, die springen mußte, der ganzen sache eine andere laufrichtung geben, und hat es auch gemacht, hat es geschafft. aber wie?

– schweigen wir, liegt er da, lag sie da, inzwischen ist sie aufgestanden, blickt aus dem fenster. springt man danach immer aus dem vierten stock? und: folgen andere nach? oder macht man das immer alleine? scheint sie nicht gerade zu fragen. post coitum, animal triste, so heißt doch jeder film heutzutage, doch hier ist nichts davon zu bemerken, nur ein wenig samen rinnt ihr langsam den schenkel hinab. auch das scheint ihr egal zu sein, das ist ihr völlig gleichgültig, sperma am schenkel, am kniegelenk – »du, mach das weg!« sagt man aber nicht, besonders nicht zum eigenen sperma, nein, man sieht einfach in die luft, man übersieht es besser. steht sie am fenster, streckt sich, gähnt. »sieht interessant aus, da draußen.« – mein gott, wie oft hat man seinen samen weggewischt, heimlich am klo, vorsichtig, damit man ja nichts beschmutzt, in fremden wohnungen, hotelzimmern, toiletten, und jetzt: »sieht interessant aus, da draußen.« so von hier, von hier aus hat man einen guten ausblick, ja überblick über den platz, die baustelle, nicht umsonst: vierter stock. orgasmus hin oder her, so sieht sie jetzt aus: ich geh jetzt, sagt sie auch schon. wer hat, der hat. hat er sich noch gedacht.

wenn man fickt, vermeint man doch was zu erleben, fremde räume bekommt man dabei zumindest zu sehen, andere wohnungen, sozusagen, beinahe schon andere städte. daß sie so berlin kennengelernt hätte, würde sie nicht behaupten. und auch jetzt steht sie nicht wirklich vor neuen aussichten, sie tritt mehr auf der stelle. immerhin auch diesmal ganz sony-trunken das gelände da draußen, sieht sie, ganz sony-frisch auch seine hände, ja, und bemerkt sie wieder einmal, das findet selbst hier drinnen kein ende: eine architektenwohnung kann man schon sagen, so aufgeräumt, daß es beinahe knallt. »das ist aber kein sex«, hatte sie eben ausrufen wollen, was du da machst, das sind höchstens nebengeräusche, nebenentwicklungen unter der haut. richtiger sex sieht anders aus, richtigem sex muß man auch beiwohnen, hatte sie hinzufügen wollen, so wie er unter ihr lag und ein ernstes, beflissenes gesicht machte. doch so gut kannte man sich auch wieder nicht.

er sei zeichensklave, hat er auch gleich bekanntgegeben, altbausanierung und musterhäuser für gladow in so einer klitsche zu dritt, einer, der rund um die uhr arbeitet, jetzt aber gerade mal zeit hat zu zeigen, wie die stadt so von oben sichtbar ist, und, das muß sie schon zugeben, man kann sie auch von oben sehen. »da hast du aber einen feinen ausblick!« wiederholt sie, und er grinst. gegenüber bauen sie eine reihe neuer häuser, »das ganze engelbecken wird ja neu gemacht«, erklärt er ihr, mit ziergarten und zierteichen: zierfisch! »bald ist es fertig«, sagt sie zu ihm, doch er meint, nein, noch lange nicht. »das dauert mindestens noch zwei-drei jahre.« – »ach was!« – »aber ja!«

doch sie weiß es genau, in diesem bebauungsberlin ist an bewegung nicht mehr viel drin, solide animalität, darauf kommt es jetzt an, fest in die hände spucken, und schon beginnt das tagewerk. mal ein bißchen eifer zeigen, mal ein bißchen grünpflanzen finden, zum einheizen, mal ein bißchen in eine grünphase geraten und durchstarten mit 180 sachen durch die stadt, innerlich sozusagen, ja, nicht immer nur äußerlich sein, aber trotzdem mal ein bißchen das eine bein heben und strecken, das andere aber dabei unten lassen, standbein und spielbein beim sex muß sein. de sades fotoapparat ist heutzutage ganz schön abgeschafft, auch hier drinnen herrschen die idiotenaugen, wildes gemüse, das keine grenzen kennt, das keine optik hat, nichts mehr versteht von kontrasten, tiefenschärfe, hast du töne! ohne mich!

wie hat es angefangen? ach du meine güte, eine erhebung in der landschaft ist man ja schnell als frau, mit haut überzogen von kopf bis fuß, innen materie außen materie, was bleibt einem auch übrig, grenzen gibt es anscheinend keine, absolut dicht, ist man eben nicht, so reden sie ja alle, sie aber pfeift darauf, tut so, als ob, tut so, als ob sie selber könnte, jedenfalls fürs geschlechtsleben optiert haben sie wohl beide wieder einmal, und stehen jetzt wieder da und sehen hinaus auf den ganzen film, der sich da draußen abspielt. erzählt er da: vor »noch nicht allzulanger zeit« habe da eine wagenburg gestanden. davon sei ja nichts mehr zu bemerken – ja, immer weniger, sagt er, »da ist eine menge am verschwinden in dieser stadt.«

verschwunden sind im augenblick jedenfalls die sterne, ja, nichts mehr zu sehen von den neonsternen, die sie vor einer halben stunde noch an der wand neben dem bett entdeckt hat, denn es wird hell. hat er erklärt, die seien von seinem sohn. aha, hat sie gemeint, und wo ist der jetzt? die antwort hat sie aber nicht verstanden, denn er lief gerade ins bad, um sich zu waschen, und dann hat sie vergessen nachzufragen. und jetzt? macht er etwa seine innentiere schon wieder auf, machen seine innentiere wieder was her? aber nein, er schläft jetzt einfach ein.

und so bleibt platz für kathy ackers geschichte von der abtreibungskünstlerin aus dem eastvillage, und von dem geld, das so etwas kostet, und wie beides in den achtzigern zusammenkommt, denn beides muß ja zusammenkommen, vielleicht durch sponsoring? aber nein, auf diesem gebiet ist sponsoring auch heute noch nicht wirklich drin. bleibt also platz für die geschichte der abtreibungskünstlerin, der man gesagt hat, geh, und sie ging durch die wand. und ging sie, und kam an.

fragt sich nur wo? hier liegt nur er da und schläft, und sie seufzt, ja, eine kleine liebesgeschichte von der linken in die rechte hosentasche wandern lassen, behaupten, es sei nur so ein kieselstein, den man zum spaß mit sich rumtrüge, so sieht der kerl aus, das würde ihm passen. so ein sommermorgenfrischling in seiner frischlingswohnung hier im 4. stock. unten die welt, hier oben der kieselstein, mitten ins architektenfleisch gefallen mit keinem verfallsdatum oben drauf stehen, doch wie daneben, weiß sie, zieht sich an und geht.

wenn man fickt, vermeint man was zu erleben, da steht ganz groß gebucht drauf, der direktflug ins andere gesicht. doch man stellt ja schließlich kein naherholungsgebiet für andere dar, sicher, einen direktflug buchen von heute auf morgen, nichts leichter als das, aber keinen schritt weiter. denn »ist doch alles fertig«, hat sie eben am telefon gemeint, »das glaubst du!« ist er plötzlich lautgeworden. »das ist komplett deine meinung!« nicht, daß er geschrien hätte, nein, sowas würde er nicht machen, er hat eben nur keine zeit mehr, er hat schließlich zu tun und keine zeit zu verlieren. sie aber hat bloß aufgelegt, und jetzt bleibt nur der lärm der kreissägenoma übrig, die gerade wieder mal eine neue offensive startet, wie man so sagt, sie übt den lärm alleine aus, sie läßt nichts übrig für den rest der welt, sie verputzt alles, meint er, da kommt man einfach nicht gegen an.

selbst die autos, die über das kopfsteinpflaster fahren, nehmen sich recht leise aus an diesem morgen, an dem durch das fenster noch immer zu sehen ist, wie an einem ort gebaut wird. eine menge an orten ist ja in dieser stadt im entstehen, an denen man dann dinge sagen kann wie: »mir ist die sexuelle atmosphäre nicht ganz entgangen, die zwischen uns herrschen soll, dieses hüben und drüben, dieses vertreten von äußersten energien.« und sie glaubt ihm nicht, und er glaubt ihr nicht, und so kommt es wieder zu nichts. unbeschreiblich geschlechtlich ist man umsonst geworden, da wollte man sich zusetzen, da wollte man sich aus seinem zusatzschweigen bekommen, doch nix nix ist geschehen, nix nix wird geschehen, als daß man sich um eine sekunde verfehlt.

ganz schön blöd, zu so einem kreissägenlärm mit einer erektion rumzulaufen, hundsmüde nicht schon wieder, zu sagen, denn es ist nicht angenehm, zu müde zu sein. ganz schön blöd, die geschichte von dem mann zu werden, der morgens mit einer 90er-jahre-erektion im zimmer herumläuft und nicht direkt was sucht, aber auch nichts sein lassen kann, aber schon jetzt weiß: die ausbildung der fünf sinne ist ein bis in die gegenwart reichendes projekt, und ständig kann zuwachs kommen, doch in dieser wohnung heute mit sicherheit nicht.

Anne Weber
Das Sexualsubjekt

Ida denkt lange nach und schaut ebenso lange in den Spiegel. Beim Nachdenken kommt nichts raus und beim In-den-Spiegel-Schauen ein steifer Nacken, denn sie inspiziert sich mit Vorliebe von hinten. Eines steht auch ohne langes Nachdenken fest: Ida hat eine hocherotische Ausstrahlung, sowohl von hinten als auch von vorne als auch im Profil. Wie solch eine Ausstrahlung zustande kommt, ist schwer zu sagen, man kann höchstens versuchen, ihre Wirkung beschreiben. Mit Idas ausladenden Formen konfrontiert, kriegen Männer und Frauen gleichermaßen weiche Knie und feuchte Füße. Alles, was sich brüsten kann, eine Drüse zu sein, sondert unaufgefordert Flüssigkeit ab. Ida wirkt auf Schleimhäute wie Salz auf Schnecken, und auf männliche Genitalien wie ein General auf seine Paradesoldaten. Weder alt noch jung, weder Tier noch Tor können sich ihrer Anziehungskraft entziehen. Wer ein Minimum an Sensibilität besitzt, fließt dahin und Ida in die Arme oder in den Mund, der an Ausmaßen und Ausstattung alles Dagewesene übertrifft. Hier fühlt man sich wohl, hier möchte man sich dauerhaft einrichten, aber davon kann keine Rede sein. Zu viel richtet Ida allerorts an, als daß sie dulden könnte, daß man sich längerfristig in ihr einrichtet. Die Männer sind es vor allem, die immer vielerlei in sie hineinstecken wollen, als sei sie kein Wesen mit menschlicher Würde und erotischer Ausstrahlung, sondern ein niedliches Nadelkissen oder ein Schweinebraten, der darauf wartet, gespickt zu werden.

Natürlich weiß sich Ida ihrer Haut zu wehren. Ohne phallussicheren Anzug geht sie schon seit ihrem dritten Lebensjahr nicht mehr auf die Straße, und auch dann nur in eine übelriechende Wolke gehüllt, die Idas anziehende Wirkung zumindest teilweise neutralisieren soll. Zudem hält sie immer in einer Hand eine Schere oder ein Schwert und in der anderen einen Blasebalg, um ihrem Unmut Luft machen zu können, falls man sie zu arg bedrängt. So ausgerüstet, kann sie es mit ihren Verehrern aufnehmen.

Jeder möchte gerne das lange blonde Haar berühren, das ihr am ganzen Körper wächst, aber auch dieses Privileg ist nur den wenigsten vergönnt, ihrem Friseur zum Beispiel, der sie jede Woche mit viel Mühe vom Scheitel bis zur Sohle mit Lockenwicklern behängt. Im Sommer erregt sie mit ihren Schwimmfüßen und ihrem Walbauch einiges Aufsehen am Strand. Die Badenden sperren weit den Mund auf und ertrinken, die im Sand Ausgestreckten wenden sich unwillkürlich von der öden Himmelsleuchte ab und Idas strahlendem Antlitz zu und erblinden. Wer keinen Schaden nehmen will, verliebe sich deshalb besser in eine Computermaus, damit ist zwar bei einer Abendgesellschaft nicht viel Staat zu machen, aber für ordentlichen Gruppen- bzw. Planetarsex sind diese wuseligen Viecher immer zu haben. Auch Nachtigallen eignen sich besser zum sexuellen Verausgaben als Ida: das flötet und flötet und vergißt darüber die Acht-Uhr-Nachrichten und alle anderen guten Sitten.

Ihren tausendfach erprobten Selbstverteidigungskünsten zum Trotz fühlt sich Ida manchmal von Horden erektionswütiger Männer umzingelt, abgegrast und angeleimt. An jedem Fuß einen Klumpen Mann stapft sie winters durch Schnee und sommers durch Schweiß. Hunderte hängen an ihren Lippen und fordern Einlaß, knabbern an ihren Ohrläppchen, die glücklicherweise von Geburt an eher Ohrlappen sind und folglich, ohne daß es weiter auffällt, einigen Verlust ertragen können. An jedem Finger lutschen Völkerscharen, an jeder

Zehe zerren Milliarden. Da ist nicht leicht hüpfen und jauchzen und sich seiner eigenen Anmut und Sinnlichkeit erfreuen!

Gottseidank verspricht die Wissenschaft, Ida bald von ihren Verfolgern und ihre Verfolger von Idas magnetisierender Wirkung zu befreien. Innerhalb kürzester Zeit wird das Geschlechtsleben endgültig aufhören, bei der Fortpflanzung eine Rolle zu spielen. Dann ist es nur noch eine Frage von Jahrtausenden, bis die unnütz gewordenen sexuellen Organe und Instinkte verkümmern. Der Penis wird zu einem zwei bis drei Zentimeter langen Anhängsel zusammenschrumpfen (beim ausgewachsenen Mann). Die Frau behält zwischen den Beinen eine Öffnung von der Größe eines Nasenlochs. Anhand dieser Überreste werden einst die Forscher versuchen, auf die ursprünglichen Ausmaße unserer Geschlechtsorgane zu schließen, wie ja zum Beispiel die leichte Verlängerung unserer heutigen Wirbelsäule auf den Schwanz hindeutet, mit dem wir einmal so unbekümmert gewedelt haben.

Falls es in kommenden Zeitaltern immer noch Menschen geben sollte, die gerne grunzen und stöhnen und sich gegenseitig die Fingernägel in den Rücken rammen, bitte, sollen sie ruhig! Nur Ida will in Zukunft von diesen archaischen Bräuchen verschont werden.

Bis die menschliche Evolution endgültig die Sexualität überwunden hat, wird es allerdings noch eine Weile dauern. In der Zwischenzeit freut sich Ida schon auf die Menopause. Wie schön wird es sein, endlich mal seine Ruhe zu haben und sich ganz den edleren Seiten des Lebens widmen zu können (warum nicht den schönen Künsten, der Musik, vielleicht gar der Literatur?), ohne ständig, Sklavin der Triebe, unsanft von einer Umarmung in die andere geschubst zu werden! Denn Ida hat nicht nur eine intensive erotische Ausstrahlung, sondern auch entsprechend starke sexuelle Bedürfnisse, auch wenn sie diese meistens zu unterdrücken sucht, denn, wer seinen Trieben nachgibt, dem steht der Kopf bald im Treibhaus und innerhalb kürzester Zeit wird der kleinste klare Gedanke zur Unmöglichkeit. Das aber ist es genau, was Ida um jeden Preis vermeiden möchte. Aber wie? Jeder Quadratzentimeter ihrer behaarten Haut giert nach Berührung, Wärme, streichelnder Zuwendung, jeder ihrer Bauchnäbel träumt von einer kitzelnden Zunge, jede ihrer Lippen lechzt nach labendem Balsam. Die ganze Ida ist eine einzige erogene Zone. Wie soll man unter diesen Umständen dem Liebesleben entsagen?

Zu allem Unglück ist Ida auch noch sentimental. Sie weigert sich (mitunter), ihre Fangarme um ein x-beliebiges Individuum zu schlingen und sich an dem erstbesten Mund festzusaugen, obwohl das für alle Seiten die einfachste Lösung wäre. Ida liebt nur einen Mann; ihm allein will sie sich rückhaltlos hingeben, nur ihm will sie gleichermaßen ihre Schenkel und ihre Seele öffnen, sie will ihr Leben mit ihm teilen, mit ihm alt oder eventuell auch jung werden, wenn ihm das lieber ist. Sie liebt ihn so sehr, wie man einen anderen Menschen nur lieben kann. Nur schade, daß dieser Mann nicht existiert.

Dafür existieren natürlich andere, Tausende, Millionen, Milliarden, dieselben, die Tag und Nacht an Ida kleben und ihr ohnehin schon beträchtliches Körpergewicht rücksichtslos um Tonnen und Abertonnen beschweren. Also hat Ida hin und wieder Verkehr mit den Verkehrten. Wer könnte das nicht von sich sagen? Manchmal sind die Verkehrten derart verkehrt, daß Ida Luft, Spucke und Sprache gleichzeitig wegbleiben, was die Verkehrten gerne ausnutzen, um Ida zu unehrenhaften Zwecken zu mißbrauchen, sie in alle Richtungen zu drehen und zu wenden und sich an ihrem kugeligen Leib gütlich zu tun. Andere sind nur ein bißchen verkehrt, da kann das Sexualleben auch schon mal Freude bereiten. Ida schleckt zum Beispiel gerne an einem Zapfen, der, unentschieden zwischen Stalagtit und Stalagmit, in wollüstiger Schwebe verharrt und sich widerstandslos von Ida polieren und auf

Hochglanz bringen läßt. Dieser Pfeil aus Fleisch und vor allem aus Blut, wo zeigt er wohl hin? Wenn ich ihm nur immer beharrlich folge, denkt Ida mit der ihr eigenen entwaffnenden Zuversicht, werde ich schon das rechte Ziel nicht verfehlen.

Das ist bald ein Hoch und Runter, ein Kommen und Gehen, man greift kräftig zu und walgt sich durch vom Fußspitz bis zur Scheitellinie, die Zungen wühlen im Leibesinneren und bringen die Organe ins Schleudern, aus allen Poren steigt der Liebesdunst, die Augen gehen über und der Verstand unter, die verschiedenen Körperteile scheinen für diese innige Verschränkung wie geschaffen zu sein, zumindest legen sie sich mit konsternierender Selbstverständlichkeit in- und umeinander und treiben ihr Spiel bis ans Äußerste, und vom Äußersten bis zum Innersten ist es plötzlich gar nicht mehr weit. Aber da läutet es schon zur Menopause. Ida läßt den Zapfen sausen und macht sich in Sekundenschnelle für eine besonnenere Existenz bereit.

Arne Roß
Alte Liebe

Nachdem H.B. sein Hähnchen aufgegessen hat, wickelt er die Edelbitterschokolade aus, nimmt ein hauchdünnes Täfelchen, legt es auf seine Zunge, wo es zergeht und ihn dazu verführt, die Augen zu schließen und an Valja zu denken, wie er sie vor ein paar Jahren, als er seinen ersten Herzkasper gerade hinter sich hatte, mit diesen hauchdünnen Köstlichkeiten belegte und er sich, um sie aufs Neue zu erobern, zu ihr durchessen mußte, wie sie schwitzte und die Täfelchen an ihr zu schmelzen begannen, daß er, wie er es seit Jahren nicht mehr gemacht hatte, die Zunge zur Hilfe nahm und sie ableckte, bis sie explodierte und sich, schwitzend und rachsüchtig, zu ihm emporreckte, daß er gar nicht anders konnte, als ihren Wunsch, mit gestreckter Zunge in allen Spalten und Falten nach Resten zu forschen, zu erfüllen, sich aber die Seele aus dem Leib geleckt hätte, wenn er nicht vorher auf Valja zusammengebrochen wäre, was ihn schlagartig wieder die Augen aufreißen läßt, um dahinten an der Tiefkühltruhe eines jener jungen Dinger zu sehen, die, sehr schmal und zierlich, das halblange schwarze Haar hinter die Ohren streichen, und dann einen Finger sanft unter die Nase legen

du hast doch Zeit, hat Valja gesagt, geh los und kauf ein paar Pralinen für Kate, du weißt schon welche

ihre Brüste sind klein, so ist das heutzutage, ach, wie

niedlich und zart, daß er mit seinen, wie er findet, verfetteten Fingern ganz langsam über ihre weiche Haut

kein Problem, hat H.B. gesagt, Truffe, Gianduja-Blanc, Eichel, Cascade, Orangenstäbchen, und vergiß dein Diabetikerzeug nicht, hat Valja gesagt

zwischen ihre Beine fährt, wo's schon tropft und schäumt, und sie bittet ihn, hier vor den Fahrstühlen (die Leute stehen wie neulich im Film da, als seien sie gefroren) ihr das schwarze Hemd vom Leib zu reißen, und er bringt eine Hand zwischen ihren Beinen in Stellung, mit der anderen drückt er den Fahrstuhlknopf, er bräuchte noch eine dritte, er soll sie ja ausziehen und sie dabei küssen auf die geschlossenen Lider, die kleinen Krähenfüße am Rande, er soll ihr den großen, schwarzen Schwung Haare aus der Stirn streichen, sie heben, gegen alle Fahrstuhlknöpfe der Welt gedrückt, und schon nestelt sie an seiner Hose, obwohl er das für übereilt hält, im Alter dauert es mit der Berühmtheit, erst will er sie übersäen mit seinen Hähnchenküssen, aber da klingelt es, lautlos gleiten vier Fahrstuhltüren auf, niemand drin, und H.B. weiß, daß er nicht kommen kann, liegt nur an seiner Latzhose

zieh doch mal was anderes an, hat Valja gesagt, kaum bist du Rentner, verkommst du

so schreckt er hoch und erblickt vor den Fahrstühlen zwei Frauen, ein Weiblein in grauen, abgerissenen Kleidern und mehreren, an ihren Zeigefingern aufgehängten Plastiktüten, in denen er Essensreste zu erkennen glaubt, und er denkt, daß der scharfe Geruch angebrannten Schmelzkäses, der durch die Feinschmeckerabteilung zieht

und denk daran, um sieben sollen wir bei Kate sein

in Wahrheit von diesem Hexlein herrührt, das sich wohl oben die Reste von den zurückgelassenen Tabletts genommen und gleich angefangen hat, etwas in den Mund zu stekken, gierig und mit grenzenlosem Appetit, so daß ihr warm wird und sie ihren speckigen Mantel aufknöpfen muß und eine Wolke Ungewaschenheit entweicht, eine Woche unter Brücken, wie es wohl wäre unter ihren Kleidern, wie es Lage für Lage strenger müpfelte

ich bitte dich, hat H.B. zu Valja gesagt, ich bin jetzt in dem Alter, in dem ich mit Hagen den jungen Dingern unter die Röcke gucken will, und sie fallen auf unsere Tricks rein und setzen sich auf unsere Schöße, haben nichts an unter ihren Röcken, und wenn sie nicht auf unsere Tricks reinfallen, schimpfen sie, ihr alten Wichser, dann kichern wir und sagen, wir können nicht anders, wir ändern uns nicht mehr, wir sind jetzt alt

und die andere Frau neben ihr, gehört die zu dem Hexlein, aber die ist doch ordentlicher gekleidet, neue Bluejeans, schilfgrüne Bluse, feingerippte, flache Sandalen, rot lackierte Zehennägel, und das Haar erst, schön weiß und hochgesteckt, wie ein Dutt, zusammengehalten von einer großen, rotbraunen Klammer, ein entkräfteter, doch hochgehaltener Busen, und wie riecht sie, nach Fisch? Zieht das nicht vom Hexlein hoch, oder aus der Fischabteilung? So eine Frau wie sie, die braucht doch Stunden, sich morgens zu bewässern, die hat nichts Saures zwischen den Beinen

ich bitte dich

aber was macht die da, die bleibt stehen, die redet, die redet weiter, die redet ja mit sich selbst, die schimpft, ach Gott, die ist von vorne älter als von hinten, denkt H.B., der eigentlich das Hexlein, das jetzt im Fahrstuhl nach unten fährt, für verrückt hält, aber da steht nur noch diese gut gekleidete Mittsechzigerin und hält Reden an niemanden, aber was ist denn das, sagt H.B. leise zu sich selbst, die hat ja eine Plastik-blume in der Hand, eine Sonnenblume, durch die sie spricht

wir hatten doch sieben Uhr gesagt

wie bitte, H.B. hält die Hand ans Ohr, ist es das vierte oder fünfte Täfelchen, das ihn die Augen schließen läßt, bis er die nächste Mieze spürt, wie sie durch die Feinschmeckereta-ge wandert und sich unter den Tisch kniet, an den er sein Ge-wicht geschoben hat, eingeklemmt auf einem dieser unbe-quemen Barhocker mit niedriger Rückenlehne, die Schachtel mit den Pralinen, Cascade und Eichel, vor sich, und den Blick über die Stadt, da drüben die Versicherungsgebäude, dahinter die Kräne, der Neue Platz, der Fernsehturm, der eines seiner hauchdünnen Täfelchen aufgespießt hat

du hast dich gar nicht verändert, immer noch der gleiche

ach wirklich, H.B. erschrickt, die meint ihn. Hans? Na, wenn schon. Er hat es geahnt, er darf nirgendwo allein blei-ben, immer wieder irgendeine Frau, die seine Fettleibigkeit und seine Glatze derart verführerisch findet, daß sie dann auch noch glaubt, ihn Hans nennen zu dürfen. Ausgerechnet hier an seinem Lieblingsplatz mit dem Blick über die Stadt, die Hähnchenkeule vergleichsweise billig. Hans? Zugegeben, er hat sie aus den Augenwinkeln schon früher erkannt, als sie ihn, Regina, fünfundvierzig Jahre ist es her, ungefähr, weiß-haarig und im Gesicht ganz ansehnlich verknittert, treue Au-gen, ein Glas Pils vor sich, Hähnchenkeule angeknabbert, Sa-lat schwimmt halb unangetastet in der Mayonnaise, eine alte Liebe.

Eine? Die erste. Die von gegenüber, war es im Jahr zweiundfünfzig oder dreiundfünfzig, immer schön weiß gekleidet, jeder Tag ist ein Feiertag, und was für Brüste. Haben wir nicht zusammen Abitur gemacht, fragt sich H.B., danach war sie weg. Für immer bis heute. Er hat sie sogar schon mal in seinen Armen gehabt, sie hat aber nicht richtig gewollt, er erinnert sich, wie sie damals in der Ansbacher Straße neben einem Vorgarten standen und sie unter ihm wegtauchte wie ein Stück Seife, vielleicht war sie zu weiß. Kann sein, daß sie es nicht ertragen hat, eingemauert zu werden und deswegen abgehauen ist. Was soll's, denkt H.B., ist vorbei, aber einmal hat sie vor Verlegenheit die Arme hinter dem Kopf verschränkt, und was hatte sie für schöne schwarze Haare auf ihrer weißen Achselhöhlenhaut, und der unter ihrem Büstenhalter hervorschwellende Ansatz ihrer Brüste, naja, übertrieben, nur ein zarter Brustansatz, und wer anschwoll, war er, vor Verlegenheit, sie ist ja nie verlegen gewesen in Wahrheit, sie hat immer zu jenen weißen Wesen gehört, die, sobald man sie im Griff zu haben glaubt, schon am Entschwinden sind.

Und du? Er hat eine Hälfte seiner hauchdünnen Täfelchen schon verdrückt, und während sie antwortet, denkt er, daß er unter keinen Umständen bereit ist, ihr davon abzugeben, höchstens vom Diät-Gebäck, wenn sie will, höchstens davon, das schmeckt langweilig genug; da fällt ihm ein, daß er es noch gar nicht besorgt hat, wenn er das nur nicht vergißt, und es ist Valja, die ihn dazu ermahnt, wenn er noch ein Weilchen leben wolle, du weißt, was mit Hagens Bruder passiert ist, zwei Pralinen, drei Tage lang tot auf dem Balkon, allein

langsam findet er es ungemütlich auf den Barhockern, und je länger er von den schwarzen Fliesen und den silbrigen Tischplatten dieser Eßecke umgeben ist, desto stärker ist sein Bedürfnis, sich zu waschen, diesen Hähnchengeruch von sich zu kratzen, auch Fisch und verbrannten Schmelzkäse, pfui Teufel, wie ein großes, frisch gewaschenes Baby würde er sich fühlen und durch Reginas Wohnung stapfen und sein Ding in sie reinstecken wollen, nach fünfundvierzig Jahren, ungefähr

Jenaer Straße? Da wohnst du immer noch? Fast ist ihm, als habe er ihre schöne, magere Brustwarze schon im Mund und ließe sie jetzt, vor Erstaunen, entkommen, aber noch sitzen sie ja auf den unbequemen Hockern in der Hähnchenecke, schnell greift er wieder nach der Brustwarze und stopft sich damit das Maul, daran haben bestimmt schon eine ganze Menge Kerle gesaugt, und wie viele Kinder, was sagte sie noch gleich

er sagt nichts, während sie antwortet, es kommt ihm vor, als rede sie mit sich selbst, oder ist er in Wahrheit der, der mit sich selbst redet

er zahlt ihr Essen und bahnt ihr einen Weg durch die Kaufhausenge, im Fahrstuhl, der ganz aus Glas ist, gleiten sie an der Wand des Innenhofs herab, jeder kann sie sehen, sie nehmen den alten Weg durch die Ansbacher Straße, die Lette-Schule links, die Vorgärten ohne Seitenblick, ohne Verstohlenheit im Augenwinkel, die Edelbitterschokolade hat H.B. in der Brusttasche seiner Latzhose plaziert, damit er sich während ihres Spaziergangs in die Jenaer Straße bequem aus dem zweiten Stapel hauchdünner Täfelchen bedienen kann

außerdem ist das mit Regina vor Valja gewesen

und wahrscheinlich will sie sowieso nicht, daß er mit hochkommt in ihre Wohnung, da stinkt es bestimmt nach Essensresten und Rauch, jedenfalls nach ihrem unaufhörlichen Redeschwall zu schließen, außen hui innen pfui, denkt H.B., als sie über die Aschaffenburger gehen, und fürchtet sich davor, gleich, in ihrer Wohnung, ihre ausgetrockneten Falten und Spalten lecken zu müssen, aber das wird er tun, na klar, gar keine Frage, welche Unordnung vergißt man nicht, wenn man sich liebt, vielleicht könnte er ihr erst eine Praline anbieten oder sie ihr auf seine Art in den Mund legen

ich sage dir, und du wirst es mir nicht glauben, sagt H.B. zu Valja, die meisten Leute bleiben ihr Leben lang das Arschloch, das sie auch schon als Kind gewesen sind

aber es ist hell da oben und leer, die Wohnung hat Fenster zu drei Seiten, er wundert sich, während er ihr die Bluse vom Leib reißen will, wo sie ihre Sachen hingetan hat, irgendwie müssen die doch da sein, glaubt er, und er weiß, sie sind da, aber wo; mit ihrer engen Jeans hat er so seine Schwierigkeiten

müh dich nicht, laß mich mal, so, und nun komm, mein Süßer

er hat noch nie so viele Streifen an einer Frau gesehen, Furchen über den ganzen Körper hingezogen, und alle so entstehenden Linien weisen in ihr Zentrum, da, wo ihr die Haare ausgehen oder sich ihre Löckchen müde und dünn entrollen, was für Gräben, die er mit seiner Schokoladenzunge entlangfährt, und von ihren zarten, schmalen Füßen kann er erst recht nicht genug bekommen, jeden ihrer Zehen umspeichelt er einzeln, und er glaubt, ihr Nagellack schmecke nach Erdbeere, während sie hoffentlich denkt, seine Eichel habe den Geschmack von Pont-Neuf-Pralinen

was hast du nur so lange gemacht

sie habe einen Japaner geheiratet, Professor für Biologie, vor der Mauer Student in Berlin, dann seien sie nach Tokyo gegangen, wo er vor einem Jahr gestorben sei, sie aber habe es zurückgezogen in die alte Berliner Wohnung, die sie vor ihrer

Umsiedlung gekauft und schließlich einem Studenten des Professors überlassen hätten, die meisten ihrer Habseligkeiten habe sie in Tokyo zurückgelassen, deshalb sei es auch so leer in ihrer Wohnung, sie wolle hier neu anfangen, ob er, H.B., ihr denn vorhin nicht zugehört habe, sie sei noch nicht so alt, alles wiederholen zu wollen. Aber je weißer, desto grüner, sagt Regina zu H.B., schau mal raus, von wie vielen Bäumen und Vorgärten ich umgeben bin

wie du bloß riechst, du machst mich ganz verrückt, sagt Valja

und da hat sie sich wieder umgedreht und beklagt sich noch, daß er ganz vergessen hat, ihr die Haarklammer aus dem Haar zu nehmen, jetzt liegt sie drauf, während er es sich bequem macht zwischen ihren Beinen und ihr, bevor er mit Gottes Hilfe zur Sache kommen will, das letzte Täfelchen Schokolade in den Mund schiebt und sagt, die löst sich gleich von alleine, deine Haarklammer.

Jetzt kommen wir zu spät, sagt Valja schläfrig, nachdem H.B. von ihr runtergerollt ist und die Pralinenschachtel aufknüpft, außerdem haben wir nichts zum Mitbringen. Ach was, sagt H.B. und kichert, im Kaufhaus hat mir so eine Irre eine Plastiksonnenblume geschenkt, die nehmen wir.

Marcus Jensen

Miniatur 1

Wir, weinschwer, werfen uns aufs Weiche, ich mach mit
meiner Mätresse auf der Matratze rum und lalle allerlei Allite-
rationen, meine Bartstoppeln bürsten ihre Brüste breit, die
Zunge ziehts von den Zitzen tiefer runter, schon ist die Nase
im Nabel, meine Finger finden die Leisten, leise sirrt sie: »Was
machstn da …?« Ich lecke über ihren schamigen Hügel,
durch ihr krauses Kressefeld knabbere ich mich, bis es samt
und saftig wird, ihre schweren Schenkel scheren auseinander,
geben gern mehr frei. »Wasmachssunda?« fragt die Schlaraffe
schläfrig von oben, und ich schlabbere aus ihrem Schilf: »Ich
küss dein Geschlechtsteil, küss Schlechtsteil, küssschlechstl,
schlll«, drücke meine Lippen auf ihre und züngle zuckend
über ihren schlüpfrigen Schlingel, schlürfe, bis ich ihren Kern
habe, halte kunstvoll die Knospe knapp vor den Zähnen und
zerknete beide Beine bis zum Knie.

Miniatur 2

Nachdem er ihre Brüste fast wundgeküßt hatte, begann
er, sich nach unten vorzulecken und stützte sich ab. Sie seufzte, entspannte ihren Bauch und streckte sich aus. Er küßte
langsam tiefer, freute sich auf ihren duftenden Hügel wie auf
den nächsten Gang und erwartete jetzt ihren Nabel, um dar-

in herumzuforschen, bis sie »weiter!« kichern würde. Aber ihr Bauch hörte nicht auf. Weich gepolsterte Haut, so weit seine Zunge reichte. Auch das Bett war länger geworden, ihr genießerisches Summen klang bereits weit entfernt. Er küßte tiefer und tiefer, er leckte immer schneller, wagte aber nicht, sich aufzurichten. Ihr Bauch wurde endlos, drei, vier Meter waren es schon, seine Zungenbänder taten ihm weh, er machte eine Pause und keuchte, legte seinen Kopf flach auf ihre Haut und öffnete die Augen. »Weiter, weiter«, lachte sie. Jetzt war er sicher, daß er auf seinem Weg noch Kollegen treffen würde.

Trauerspiel

Marcus Braun
»Kampf den Dativ«

Auf der Suche nach dem großen Glück saß Poul in einem Biergarten. Die Sonne schien auf Poul und auch auf alle anderen Menschen, die sich zur Zeit, da dieser Satz spielt, dort aufhielten. Poul hatte seinen ersten Liter auf den Weg geschickt und scharrte mit den Füßen im Kies.

Mühsam, aber anmutig ernährt sich das Streifenhörnchen; den Menschen verführen Einsamkeit und die Angst vor der Nacht zum Alkohol, strafverschärfend kommt hinzu, daß der Mann nach eigener Einschätzung zu den häßlichsten Tieren gehört ... Wozu wird die große Liebe? Zum Eheweib – oder zur Leiche im Keller; dennoch verlangt einen nach nichts anderem; ein Ring, den man im Bewußtsein, auserwählt zu sein, unvermittelt aufklaubt und nie mehr los wird, sooft man ihn auch in die Seine oder einen anderen erfahrenen Ozean wirft.

So standen die Dinge, als sich ein Mensch zu Poul an den Tisch setzte: schulterlanges Haar, dunkle Augen, volle Lippen, schwarzlackierte Fingernägel, eine schlichte silberne Kette um den Hals – man ahnt es bereits, eine Frau. Poul schätzte sie Mitte dreißig, und es war ein sonniger Tag im April, Berlin 1996, woraus nichts weiter hervorgeht.

– Daß immer leere Schachteln auf den Tischen rumliegen.

– Wenn wir das geistige Klima bedenken, in dem wir leben, kommen wir nicht umhin zu bemerken,

wollte Poul anheben zu sprechen, besann sich aber, von

einem gnädigen Zungenschutzengel wohlgeleitet. (Wie viele Engel gehen auf eine Zungenspitze?)

– Sie haben recht, ein Unding, ein Ding der Unmöglichkeit, eine Zumutung gar,

übertrieb beflissen der Windhund, schälte eine Packung Zigaretten, zog einen Stengel halb heraus und hielt die Schachtel in Höhe der kleinen Brüste; die Mosel fließt bergauf. Er befeuerte die Tabakstange, und mit einem Mascara-Augenniederschlag ...

– Danke, sehr charmant.

– Eine Französin meinte einmal, vielmehr schrieb sie mir, ich hätte viel Zauber ... Charme heißt Zauber ... ich war fünfzehn.

– Aber jetzt sind Sie nicht mehr fünfzehn. Amor sollte nie mit Schrotflinte auftreten.

Poul überlegte, was darauf wohl zu erwidern sei. Am besten, dachte er, verlasse man sich auf seine Intuition ... Chimäre, innerer Monolog, mit wem bitteschön soll man da auch reden ... verschenkt ... erinnere dich ... wer war diese Fremde ... und woher die plötzliche Verzweiflung ... die zugeschnürte Kehle ... ein Zug, der durch das Tal fährt, durch einen Bahnhof, über eine Brücke in einen Tunnel ... und da behaupten Menschen, daß in ihrem Kopf alles wunderbar klar ist ... nichts ist klar ... wie sollte so eine Klarheit auch aussehen. Poul dachte, daß das Fatum ihn immer dazu verdonnerte, die schweren Tage mit Frauen zu teilen, während sie ihn dann gestärkt verließen, um mit Hohlrollern, Bauchschwellern, Papieressern neue Erfahrungen zu machen.

Er will mein Freund sein.

Er akzeptiert mich so, wie ich bin.

Zugegebenermaßen eine etwas simple Sichtweise der Dinge.

Und anstatt es gut sein zu lassen, will man sich etwas beweisen, daß man noch eine Chance hat zum Beispiel, die hat man natürlich nicht mehr. Die Frau mit dem wunderbaren Katzengesicht konnte nichts von den Überlegungen Pouls wissen und hielt sein Schweigen wohl schlicht für unhöflich.

– Ich geh rein, sonst hol ich mir die Pipps.

Womit der bestürzte Poul nichts anzufangen wußte (handelt es sich doch eigentlich um eine Schweinekrankheit, hier und zuweilen auch im wirklichen Leben gemeint ist allerdings eine Verkühlung der Blase).

Er hob sein Glas ... wohin rollst du, Äpfelchen ... trank vier Sekunden lang, bis der Pegel sich um die Hälfte gesenkt hatte ... was reden die in den Romanen immer so viel, dachte er, schaute auf die Tischplatte, aber da stand nichts. Vögel zwitscherten um die Wette, tschilpten angeblich, Amseln und Spatzen auch. Eine dünne Wolkenschicht eroberte den Landstrich; es war diesig jetzt, der Frühling roch nach Sommer. Poul ahnte dumpf oder wußte ... wer weiß beim Abschied, welche Trennung bevorsteht; man kann die komischsten Sachen überleben, zum Beispiel die Amputation von zwölf Zehen.

So ging das noch eine ganze Weile.

Als Poul das Etablissement betrat, um seine Rechnung zu bezahlen, stieß er fast mit ihr zusammen.

– Sie gehen schon, wie schade.

– Ich habe ein Taxi bestellt,

sagte die Frau, nicht die Rechnung.

– Taxis kann man wegfahren lassen.

Und tatsächlich saß man ein paar Sekunden später zusammen an der Theke. Zum Gruppenbild postiert auf zierlichen Treppenstufen vor dem Spiegelglas die Flaschen; sämtlich ohne Etikett.

– Poul,

sagte Poul.

Die Frau nannte ihren Namen.

Sie bestellten der Situation angemessene Getränke.

Was Poul durch den Kopf ging, war die Frage, ob Kellerasseln mit Gürteltieren verwandt sind, nicht unbedingt ein Problem, was sich in dieser Situation zur Erörterung eignete … Blumen wollen Insekten gefallen, Windbestäuber sind in der Regel unauffällig, den seinen gibt's der Herr … der Mensch war tatsächlich auf dem Mond, obwohl das gerade völlig abwegig erschien … alkoholische Getränke sind Genußmittel, sie haben einen hohen symbolischen Wert und wirken als sozialer Schmierstoff, Bier gilt als Arbeitsgetränk, was, vereinfacht formuliert, keinen Umkehrschluß zuläßt.

– Paul, finden Sie nicht, daß Tipper ein komischer Vorname ist?

sagte sie mit Blick auf eine akkurat an der Kante der Theke ausgerichtete Zeitung.

Delphine akzeptieren Menschenweibchen als vollwertige Sexualpartner, fiel Poul dazu ein, er sagte:

– Ja, das mit den Namen ist so eine Sache.

Lad alle Namen doch mir auf, Corona, Hunderte enden namenlos.

Vom Primatenstammtisch hinten links in der Ecke des Raums hallte der metrisch etwas unsaubere, gleichwohl ansprechende Trinkspruch: Hunde, wolln wir ewig leben, laßt uns lieber einen heben.

– Gibt es Corona als Namen?

– Wenn wir wollen.

Wenn wir wollen: Schwankende Bäume, Blick aus dem Fenster, eine Wasseroberfläche, wenn wir wollen, die Spree, Efeu vielleicht, ein Schock Karnickel, schmiedeeiserne Nägel; wenn Menschen sich berühren, dann mit Harpunen.

Vorstellbar, daß die Neigung der Mondsichel sich, während sie sprachen, änderte (der Mond nach einem Überschlag irgendwann blaß und erschöpft wie vor Stunden, in einem durchgesessenen Ohrensessel, ein großer Freund der Dampfschiffahrt und von Modelleisenbahnen).

Der Barkeeper reichte das xte Getränk durch die Gitterstäbe.

– Warum sitzen wir noch hier?

Eine übereinstimmende Anzahl von Zigaretten und Streichhölzern; um etwas zu verstehen, das wir noch nicht verstanden haben. Manchmal möchte ich aus dem Haus gehen – meinem Mann sagen, ich gehe zur Nachbarin, um mir ein Teppichmesser auszuleihen …

Am Morgen müßte man so tun, als sei nichts gewesen, das gehörte zum Spiel; sie küßten sich, von privaten Göttern beobachtet.

Lies alle Namen, deute mein Antlitz, Corona, Hunger einer Nacht.

Sie ging.

Am Stammtisch saß plötzlich eine Runde ernst dreinblickender Schimpansen. Zehn Sekunden brauchte der angeblich entscheidende Neurit oder was immer für ein selten gesehenes Tier in Pouls Kopf oder Zustand (das geht nicht). Die Saloontüren meisterte er mit Bravour, auch das schwere Eisentor bewältigte er, übersah aber dann das Fliegengitter, das er mitsamt dem hölzernen Rahmen zur höheren Freude des Kneipers aus den Angeln riß.

Die Frau verschwand gerade aus dem Lichtkegel einer Straßenlaterne.

Mond, der kalte Pate, hatte sich verhüllt.

»Was mein nicht werden kann, da wende Gott in Gnaden mein Herz von.«

Arno Geiger
Erröten

Er sitzt zu Hause am Küchentisch und leidet darunter, daß er seiner Lebensgefährtin, die seit über sechs Wochen in den Vereinigten Staaten ist, wieder einmal schreiben sollte. Aber er will ihr nicht schreiben, denn das wäre ihm zu anstrengend, weil er ihr nicht schreiben kann, was er denkt. Die Dreckwäsche sollte er wieder weiß machen. Die Küchenladen sollte er herausputzen. Aber wozu? Sie werden ja doch wieder schmutzig. Sein Arbeitszimmer sollte er aufräumen, ein paar Inseln der Ordnung schaffen. Aber das dauerte zu lange. Abwaschen müßte er auch. Aber das schadete seinen empfindlichen Händen. Das einfachste wird sein, er läßt die Maschine für sich waschen und verbringt auch den Rest des Abends auf den Ellbogen.

Man soll es nicht für möglich halten, welche Faszination von einer rotierenden Waschtrommel ausgeht. Immer wieder hebt sich der Blick und bleibt an der Trommel hängen. Mal geht es schneller, mal langsamer, ein plötzlicher Stop, Wasser schießt in die Trommel, dann dreht sie sich wieder, immer schneller, die Wäsche klatscht an die Seiten, bei einer Drehzahl von zweihundert oder mehr.

Er preßt die Handballen unter die Wangenknochen und ärgert sich, daß ihm plötzlich alles so klar ist, natürlich, Himmelherrgott, er hätte die Frau sofort ansprechen sollen, noch mit der Röte im Gesicht.

Er hatte sich die letzten zwei Stunden des Nachmittags freigenommen, um zur Polizei zu gehen, anschließend zur

Versicherung und hinterher zum Friseur. Vom Büro aus war er Richtung Innenstadt gegangen und hatte sich vorgestellt, wer ihm die Nummernschilder gestohlen haben könnte, einer, hatte er gedacht, der Kowalski oder Bartolewski hieß und in dessen Leben Autoschiebereien ganz natürlich waren. Okay, hatte er sich gedacht, Hauptsache, der Wagen war noch da. Glück gehabt. Er war in die Marktstraße gebogen, rechts an einer Drogerie vorbei, den Blick ganz allgemein geradeaus gerichtet, so daß ihm die Frau, die mit dem Rücken zu ihm und gebückt an einem Zeitungsständer hantiert hatte, erst aufgefallen war, als ein Windstoß ihren Minirock gehoben hatte. Für kaum eine Sekunde. – Das war dann nichts Allgemeines mehr gewesen.

Und jetzt? Soll er seiner Lebensgefährtin nach Flagstaff, Arizona, schreiben, daß diese halbe Sekunde seinen Tag über den Haufen geworfen hat? Was für ein Idiot er war? Soll er ihr das schreiben? Wie typisch Mann er sich verhalten hat? Ein richtiges Arschloch. Sieht einen nackten Hintern, weil eine Frau keine Unterhose trägt und ihr der Wind den Rock hebt, wird puterrot und sieht sich um, nach links und rechts und hinten, ob ihn jemand beobachtet hat. Dabei: Er war mit Kowalski oder Bartolewski beschäftigt gewesen und hatte nichts damit zu tun gehabt. Trotzdem war er rot geworden. Er hatte sich nach drei Seiten umgeschaut und dann alles zum Teufel geschickt und sich ebenfalls eine Zeitung gekauft, die allerseriöseste, die man sich vorstellen kann, mit einem fingerdicken Wirtschaftsteil. Er war der Frau gefolgt, vorbei am Polizeipräsidium, und seine Phantasie hatte zu arbeiten begonnen. Was bezweckt die Frau damit, keine Unterhose zu tragen? Muß sie in dem Moment, in dem sie die Entscheidung trifft, auf eine Unterhose zu verzichten, nicht gewisse heikle Situationen herbeiwünschen? Wie kann sie annehmen, daß etwas wie das eben Geschehene nicht passieren wird? Und wie sich das anfühlt, körperlich? Ob sie das erregt, wenn der Wind ihren Rock hebt und den Hintern der Zugluft aussetzt? So zufällig und doch nicht zufällig, so unabsichtlich und doch absichtlich? Das war so unerwartet gekommen, damit war so überhaupt nicht zu rechnen gewesen, seine Gedanken waren so gänzlich in eine andere Richtung gegangen. Kowalski oder Bartolewski? Das hatte ihn derart kalt erwischt, auf dem falschen Fuß, daß er schlagartig rot geworden war. Er war rot geworden, nicht sie, obwohl doch ihr Hintern plötzlich nackt dagestanden hatte. Aber er war statt ihrer rot geworden, unverständlicherweise, muß man sagen, denn da stimmte doch etwas nicht, er hatte ja gar nichts getan, dessen er sich hätte schämen müssen. Er war lediglich die Straße entlanggegangen und hatte sich nicht viel gedacht. Ein plötzlicher Windstoß; und dann ein greifbarer Tatbestand.

Also: Er hatte schon öfter Dinge gesehen, die er nicht unbedingt hätte sehen sollen. Normalerweise waren das Busen gewesen, in der U-Bahn zum Beispiel, wenn sich Frauen mit ärmellosen T-Shirts seitlich festhielten oder wenn er sitzenden Frauen über die Schultern in den Ausschnitt geschaut hatte. Beim Zuprosten hatte es von Frauen schon Klagen gegeben, er würde ihnen nicht in die Augen schauen. Das stimmte sogar. Einmal hatte ihm eine Frau von sich aus ihren Busen gezeigt, völlig unaufgefordert, allerdings war das Gespräch in diese Richtung gegangen. Und immer war es irgendwie vorhersehbar gewesen. Nur diesmal nicht. Und prompt war er rot geworden und war der Frau zwei Stunden lang gefolgt, zunächst in ein Schreibwarengeschäft, wo sie Geschenkpapier gekauft, dann in ein Café, wo sie die zuvor erworbene Zeitung durchgeblättert hatte. Er selbst war gar nicht in der Lage gewesen, die von ihm gekaufte Zeitung auch nur aufzuschlagen, denn er hatte die Zeitung längst in ein offenes Haustor gepfeffert. Er hatte ohnehin nur an das eine denken können, nämlich daran, daß der Hintern der Frau unter dem Rock nackt war. Als ob das einen Unterschied machte. Eigentlich nein. Aber er fand, ja, natürlich, natürlich machte das einen Unterschied, denn er hatte ihn ja gesehen. Das war zu viel oder zu wenig. Er war jetzt durch das Allianzwappen aus An- und Abwesenheit mit der Nacktheit der Frau verbunden, mit dem nicht vorhandenen Wäschestück, dessen Fehlen jetzt verborgen war, mit dieser Verhülltheit, die nach dem Vorgefallenen für ihn nichts Endgültiges mehr haben konnte.

Die Frau hatte ihren Kaffee bezahlt, und er war ihr weiter durch die brüchige Luft gefolgt. Alle Passanten, so war es ihm vorgekommen, hatten ihm stille Vorwürfe machen wollen, als herrsche völlige Klarheit über seine Wünsche. Natürlich waren das seine Wünsche gewesen, aber er hatte sie als etwas Gewalttätiges empfunden, als ebenso gewalttätig wie die Einwände gegen die Wünsche. Er war in eine Falle geraten, er war von einem Dilemma gepackt, gedemütigt und beschämt im Wissen um den Verzicht, den er nicht leisten wollte, aber leisten mußte, weil er den Mut oder die Dummheit, genau, die unfaßliche Dummheit, die Frau anzusprechen, nicht besaß und es im voraus wußte.

Die Frau war in ein Haus getreten. Auf der Straße stehend, in der letzten Sonnenschräge, als die Frau längst verschwunden war, hätte er sie noch immer ansprechen wollen. Er hätte das weiterhin für selbstverständlich, wenn auch für zugegebenermaßen brisant gehalten, geradeheraus und auf den Kopf zu, sie fragen, weshalb sie keine Unterhose trage. Weshalb eigentlich? Ob sie ihm das erklären könne. Das wäre nicht die Spitze der Schicklichkeit gewesen. Aber der Anstand war ja schon verletzt, und zwar von ihr, er hätte lediglich den Finger in die schon gerissene Wunde gelegt.

Also: Da hatte sie gestanden in ihrem dunkelblauen Minirock, einem Sommerfähnchen, so nennt man das. Sie hatte sich gebückt, um eine fremdsprachige Zeitung in einer der unteren Lagen des Zeitungsständers in Augenschein zu nehmen, unterdessen war er auf das Geschäft zugegangen, im Begriff, daran vorbeizugehen, er hätte aufs Präsidium gemußt. Doch dann war der Wind gekommen, war unter den Rock gefahren und hatte ihn hochgeklappt. Und sie? Sie hatte es wie ein Versehen genommen, die Hand nach hinten, den Rock nach unten gestrichen mit einem unerhört sparsamen, fast schon hochmütig geringen Aufwand an Gesten, ohne sich aufzurichten, gut, Becken eine Spur nach vorn, daß der Wind den Rock an den Hintern drückt, anstatt ihn von dort zu entfernen. Nichts passiert. Nicht umgeschaut. Nicht rot geworden. Nur er war rot geworden.

Wäre auch die Frau rot geworden und hätte sie sich umgeschaut, ob der Vorfall beobachtet worden war, hätte sie ihm leid getan und er wäre rasch vorbeigegangen, um sie durch seine Anwesenheit nicht weiter zu irritieren. Der Weg aufs Polizeipräsidium wäre einigermaßen dringend gewesen, anschließend zur Versicherung, im besten Fall auch zum Friseur. So jedoch hatte ihn die Beiläufigkeit und Lässigkeit in der Reaktion der Frau zusätzlich herausgefordert. Alles war ohne Beschwernis passiert, fast wie ein Wunder. Die Straße hatte gleich mehr Wirklichkeit bekommen, Luft, Licht, Raum, Distanz waren da gewesen, keine Bedrängung. Und doch Bedrängung! Sein Gesicht hatte gepocht, sein Gehirn war zunächst ganz leer gewesen, nicht mehr so durchtränkt von Blut, so in Blut gebadet, er hatte dafür die Röte im Gesicht gespürt. Und wie!

Trotzdem war er zu dem Zeitungsständer getreten, allerdings wortlos. Die Plausibilität, etwas zu dem Vorfall zu sagen, war ihm in der ersten Scheu nicht aufgegangen, weshalb er den richtigen Moment verpaßt hatte: Wenn das so ist, daß Sie keine Unterhose tragen, will ich mit Ihnen schlafen. Oder Ihren Hintern anfassen. Nachdem ich ihn gesehen habe, möchte ich ihn anfassen, diesen kleinen runden Hintern. Ich Arschloch! Den Teufel werd ich tun! Das fällt mir ein!

Er war der Frau gefolgt, in unterschiedlichen Verwirrungszuständen, über sich selbst schockiert, und er hatte an Flagstaff, Arizona, gedacht, das plötzlich noch weiter entfernt gewesen war als ohnehin. Jetzt hatte er nicht einmal mehr

Lust, dorthin zu schreiben, weil er nicht schreiben konnte, was er dachte, nämlich, daß ihn dieser zufällige Hintern unausgesetzt beschäftigte und daß seine Phantasie seit Stunden arbeitete und nicht aufhörte zu arbeiten, während die Waschmaschine wusch, während er in der Küche saß, einen Brief schreiben sollte, nach Flagstaff, Arizona, und statt dessen ins Bullauge der Waschmaschine starrte, von wegen, Hand an sich legen. Er wollte nicht Hand an sich legen, er wollte diesen Hintern anfassen. Er hätte es tun sollen, sofort, wenigstens im Vorbeigehen, ohne lange um die Einwilligung der Frau zu fragen. Hinfassen! Was war er für ein Arschloch! Wie kam er dazu, sich einzubilden, ein Anrecht darauf zu haben, einen fremden Hintern anzufassen? Himmelherrgott, was war nur mit ihm los? Sein eigener Konkursverwalter in Geschlechterfragen! Ihm lag doch nichts ferner, als Frauen zu belästigen! Aber wie nannte man das sonst, was er wollte? Er wollte diesen Hintern anfassen, das war es doch, was er wollte, am nächsten Tag, noch vor der Arbeit wollte er hingehen und auf sie warten. Sie würde aus dem Haus treten mit demselben Rock wie am Vortag mit nichts darunter als seinem Begehren. Ein Windstoß, eine Handbewegung.

Stephan Krawczyk
Flaschenpost

Was für ein Tag! Was für ein Tag? Der fettgezüchteten Rose steckt im Kelch ein Krakenschnabel. Meine Herzdame schläft. Ich muß loswerden, was sie zu mir nach dem Karnickelbraten gesagt hat.

Der Karnickelbraten war eine Geste. Manchmal schenkt sie mir eine Geste – ich hatte Geburtstag. Vor kurzem sind wir auseinandergezogen, seitdem esse ich bescheidener; sie schenkte mir die Geste drei Tage nachträglich: Eine Gaumenfreude. Das Tier war zart. Sie hatte es einen Tag in Buttermilch gelegt und aus ihrer neuen Wohnung im Rucksack zu mir transportiert – mit zwei öffentlichen Verkehrsmitteln. Solche Gesten sind eindrucksvoll, vor allem, wenn man dergleichen von der Herzdame nicht zu erwarten gewohnt ist.

Leider ging ihr die Zubereitung recht unlustig von der Hand. Vermute, einen Fehler gemacht zu haben, als ich währenddessen eine Bekannte erwähnte, die mir am selben Nachmittag in einer städtischen Sauna begegnet ist. Was bleibt mir übrig, als zu vermuten. Nichts Erhellendes wird sie verlauten lassen. Es könnte auch daran gelegen haben, daß ich den für das Rotkraut bestimmten Rotwein letzte Nacht ausgetrunken habe. Sie schickte mich zur Tankstelle, zwischen den Bushaltestellen hin zweihunderteinundzwanzig Schritte, zurück zweihundertelf Schritte: Fast flog ich – sie hat es bemerkt: »Na, du bist ja schnell wieder hier.«

Ein Karnickelbraten braucht Zeit. Ich habe mich derweil in ein Buch über den Eros vertieft. Vielleicht war das ein weiterer Fehler – dazu las ich Idiot den Text über den Gesetzgeber Senon, der die Bordelle vor zweieinhalbtausend Jahren einrichten ließ, laut. Es steckte keine Absicht darin, obwohl sie diese natürlich vermuten mußte: Bis heute ist es mir nicht gelungen, eine überzeugende Erklärung des Tieres in mir zu geben, das mich dazu verleitet hatte, Frauen für meine Leerung zu entlohnen – was ich meiner Herzdame nicht vorenthalten wollte – aus verkorksten moralischen Gründen, wie ich heute, fünf Jahre später, sagen muß – und ohne jeden Nutzen: Mißtrauen war der einzige Effekt.

Während des Essens redete sie über Geschmack: Bei der Kloßmasse aus Nürnberg wüßte man nicht so genau, weswegen sie die Kloßmasse von sonstwoher verwendet habe, aber die aus Nürnberg … na, man würde morgen sehen. Dann wären die Klöße besser. So ein Karnickel reicht ja für ein ganzes Wochenende, weswegen sie diese Nacht bei mir schläft. Ich empfinde es ebenfalls als Geste: Allein zu schlafen muß ich mir erst wieder angewöhnen.

Heute hat sie gar nicht mal so viel über den Geschmack geredet, sonst viel mehr, besonders über das Ungelungene. Sie bauscht es mit Worten derart auf, daß ich Mühe habe, den übergroßen geschmackvollen Rest noch wahrzunehmen – obwohl es gerade eine erstrangige Gaumenfreude war, die ich durch nichts herabgewürdigt wissen wollte. Aber je länger ich sie liebe, um so geduldiger höre ich ihr zu. Bei mir fängt es im Fuß an. Als erstes wippt der Fuß, ich tue nichts dazu, er hüpft regelrecht – es ist die Ferse, sie stößt sich, wie es scheint, im halbierten Herzrhythmus vom Fußboden ab. Meiner Dame sind diese Bewegungen aus den langen Kneipennächten geläufig. Eigentlich ist es das Knie, das da sichtbar hüpft, die Ferse würde man hören. Doch dafür müßten die Orte wohl ruhiger sein.

Die Klöße waren, wie ich, um den Ton zu treffen, sage, astrein.

»Findest du?«

»Na, aber.«

Nur essen beim Essen, essen und schmecken, was da in einen dringt. Essen: schmecken, kauen, schlucken – alles mit gewisser Konzentration – wie der Bauer ißt, wenn er Hunger hat. Sie sagt zwar, sie habe Hunger, und den hat sie sicher auch – aber was für welchen? Ich kann nur vermuten. Mir fehlt der unbestechliche Blick.

Ich lobte, was es zu loben gab. Sie sagte, daß Fleisch, je heller, desto gesünder sei. Dabei ließ sie es für diesmal bewenden. Während anderer Mahlzeiten habe ich schon einige Kenntnis darüber erlangt, worauf es bei gesunder Ernährung anzukommen habe. Wer weiß, wozu man's mal braucht. Nur wird dadurch beim Essen über das Essen geredet. Ich wiederhole mich. Es ist ein Teufelskreis.

Nachdem ich mir das Mahl einverleibt hatte, leckte ich den Teller ab. Dies ist vielleicht der einzige Moment, den ich als Genuß bezeichnen würde, über das Essen hinaus: Die Geschmackswärzchen gleiten über die Fläche, von der man keine Sättigung mehr erwartet. Wie immer aß sie länger – doch ohne mich diesmal daran zu erinnern, daß ich viel zu schnell esse, was sich irgendwann einmal rächen werde, zum Beispiel mit Darmkrebs oder einer ähnlichen Pathologie. Sie lehnte sich zurück. Auf meine Frage, ob sie fertig sei, die leckere Soße nicht mehr wolle (lecker, damit versuche ich ebenfalls den richtigen Ton zu treffen), verwies sie auf deren Fettgehalt. Ich leckte ihren Teller ab und fragte, wo sie noch so einen Kerl fände, der seiner Geliebten den Teller ableckt. Sie erwiderte, daß es darauf nicht unbedingt ankomme. Frohlockend versprach ich, nach dem Essen Apfelsinensaft zu pressen. Vitamine sind bei mir weit nach vorn gerückt, nicht zuletzt ihrer Belehrungen während der Mahlzeiten wegen. So erfuhr ich auch, gebratenes Fleisch sei eine tote Nahrung, leicht gedünstetes Gemüse dagegen lebendige. Am Wort tot verging mir für einen Moment der Appetit, wir aßen, wie heute, Fleisch. Ich sagte, ein totes Tier ehre man am besten damit, sich beim Verzehr seiner Lebenskraft zu erinnern, schließlich gelte es, diese daraus zu erlangen. Nichtsdestotrotz, das mit dem tot habe sie gehört. Da es mir nicht gelungen war, das Fleisch zu stärken, entkräftete ich das Gemüse: Sei das nicht auch tot? Das hätte sie aber anders gehört. Ich mußte meinen Teller von mir schieben. Unter den Sprechblasen scheint eine andere, tiefere Verständigung zu schwingen: Die der Zeichen von Nähe und Distanz. Ein abgerückter Teller heißt: Genug!

Shakespeares Widerspenstige sagt am Schluß ihrer Zähmung: »Wie schäm' ich mich, daß Fraun so albern sind! … Wo sie nur schweigen, lieben, dienen sollen!« Meine Herzdame entstammt einer anderen Generation.

Ich trug die Teller zum Abwasch, was mich ihrem Blick für Sekunden entzog – zwischen Küchentisch und Spüle ragt eine Wand in den Raum. Als ich ihr wieder ins Blickfeld trat, sah sie auf meine strumpfbehosten Beine. Zu Hause trage ich ein schwarzes Beinkleid, dessen englische Bezeichnung sich eingebürgert hat: Leggins. Wahrscheinlich wäre es der Geste angemessener gewesen, hätte ich mir vor der Mahlzeit Jeans übergezogen. Man muß sich den unterschiedlichsten Anlässen gemäß kleiden. Einmal hatte ich mir sogar, weil es der Anlaß verlangte, das Jackett meines Freundes ausgeborgt – obwohl schon oft Anlässe Jacketts verlangt hatten … Ich schweife ab; eine meiner Angewahnheiten: Angewohnheiten. Vor dem Auge kann man die Tippfehler am Computer leicht ungeschehen machen – die Festplatte hält sie fest. Wenn ich zu Hause an dem Ding sitze, herrscht, trotz der Dame Anwesenheit, Ruhe. Vielleicht wird das Gehirn durch die Maschine sichtbar gemacht – was sonst nie als etwas gelten würde: daß man einfach seinen Gedanken nachhängt – wenn das Hirn davorliegt und mit den Fingern bearbeitet wird, kann Wirkung erzielt werden, die mit Stift und Papier nicht zu erreichen ist. Der Personalcomputer: die Maske und der Rechner – geniale Mischung.

Ich stehe also in meiner Leggins – wie viele Sekunden

mögen verstrichen sein? – und lächle, noch immer nach-
schmeckende Zunge, sicherlich anders, als daß ich den Eindruck erweckt hätte, gerade besonders wehrhaft damit umge-
hen zu können. Jedes Tier würde mir die leichte Beute ange-
sehen haben. Doch ich war ja in meinem Bau, selbstvergessen
und törichterweise auch jenen Umstand vergessend, die
Herzdame könnte noch eine Rechnung offen haben. Sie sah
mich an und sagte verschmitzt: »Du hast KZ-Beine.«

Wahrscheinlich habe ich das Gesicht verzogen, als hätte
ich in einen senfgefüllten Pfannkuchen gebissen, denn sie
fügte hintan: »Das war doch nur Spaß«.

Der Nachgeschmack war, auf deutsch gesagt, im Eimer.
Dumm ist, daß ich erst gestern ein Buch über Konzentra-
tionslager ausgelesen habe und voll bin von dem sogenannten
Spaß. Noch dümmer ist, daß sie davon wußte. Am Dümmsten
ist, daß ich darauf gehofft hatte, sie würde sich daran erinnern, aber das Allerdümmste: Ich habe sie daran erinnert. Es
wurde Nacht – wir konnten keine Kurve kriegen.

Schaue ich in die Zukunft, bieten sich zwei Aussichten.
Die erste macht der Nachtschrift die Erlösung streitig: Ich
bette mich in den Westen der Matratze, während sie im fernen Osten schläft. Die Zweite sieht mich im Kreis ihrer
dunklen Wärme liegen. Und falls sie erwacht und es sich er-
hitzt, wächst zueinander, was zueinander gehört: das Harte
und das Weiche, weiches Wasser, harter Bug – die Form im
Stoff, wie der Philosoph sagen würde, wenn er jetzt noch etwas zu sagen hätte. Speichel umbrandet den unverwandten
Gaumen – Finger fühlen Herzdamenrosenfeuchte – im Zimmer hängt ein Silbenrätsel aus Vokalen. Tritt die zweite Aussicht ein, rundet sich die Welt – sonst bleibt sie eine Scheibe,
wie man Matratzenniemandsland ohne weiteres nennen
kann. Liebe, Bezaubererin des Wassers – wenn die zweite Aussicht eintritt.

Der Computer flackert. Auf der Straße schreien Katzen.
Die halbe Nacht ist umgebracht.

Jens Nielsen

Er In einer Frau suche ich vor allem den Abgrund.
Sie In einem Mann suche ich vor allem Formeln für ein
    neues Du.
Er In einer Frau suche ich vor allem den Abgrund.
Sie In einem Mann suche ich vor allem ein qualitativ hoch-
    wertiges Übungsgerät.
Er In einer Frau suche ich vor allem den Abgrund.
Sie In einem Mann suche ich vor allem erhöhtes Wohlbefin-
    den.
Er In einer Frau suche ich vor allem den Abgrund.
Sie In einem Mann suche ich vor allem jemand, der die kor-
    rupten irdischen Regierungen zermalmt. Matthäus sechs,
    Vers neun und zehn.
Er In einer Frau suche ich vor allem den Abgrund.
Sie In einem Mann suche ich vor allem jemand, der sich
    auch lange Zeit danach noch an mein sorgfältig ausge-
    wähltes Geschenk in der vielseitig wiederverwendbaren
    Schachtel erinnert.
Er In einer Frau suche ich vor allem den Abgrund.
Sie In einem Mann suche ich vor allem brutal viel Leiden-
    schaft.
Er In einer Frau suche ich vor allem den Abgrund.
Sie In einem Mann suche ich vor allem leicht verständlich,
    platzsparend, tragbar.
Er In einer Frau suche ich vor allem den Abgrund.

Georg Klein
Mizzis Zunge

Mizzi macht uns die Mimik. Ein uraltes Mischpult hat sie sich so eingerichtet, daß sie die topaktuelle Version von Soft-Face mit Drehknöpfen und Schiebereglern steuern kann. Wenn ich wie jetzt von meinem Platz quer durch den Keller hinüber zum Kaffeeautomaten gehe, komme ich hinter der Lehne ihres Stuhls vorbei. Seit neuestem, ich glaube seit dem letzten, ruhigen Wochenende vor der Messe, zieht sich Mizzi im Lauf der Nachtschicht die Schuhe und die Söckchen aus und schiebt die Regler mit den Füßen. Heute sind ihre Zehennägel links schwarz und rechts orange lackiert. Ein schmaler Reif sitzt eng um ihren rechten Knöchel. Schnell schwenkt mein Blick auf Mizzis Monitore, aus Sorge, meine Kollegin könnte mich beim Starren auf den gewölbten Spann, auf die ganz leicht gespreizten Zehen ertappen.

Von den zwölf Bildschirmen, die hinter Mizzis Mischpult die Wand bis an die Kellerdecke füllen, ist erst ein Drittel hell. Die meisten Gäste unseres Hotels sitzen noch irgendwo beim Abendessen, oder sie trinken in den Bars, bis sich der vielstimmige Nachhall ihres Messetages in Rauschen ohne Höhen und Tiefen verwandelt. Erst dann kommen sie, Taxi für Taxi, ins Hotel, gehen auf ihre Einzelzimmer, hängen den Anzug in den Schrank und zappen sich im Bett durch die TV-Programme, bis sie bei uns, auf dem Hotelkanal, das finden, was noch fehlt, um schlafmüde zu werden. Wir heißen Home-Channel 66. Eine Minute kostet Euro 9,90. Die meisten, die uns in Anspruch nehmen, finden nach einer knappen halben Stunde ihre Seelenruh. Nur wenige, meist sind es Gäste aus dem Fernen Osten, wollen – wer weiß warum – länger mit uns auf Sendung gehen.

Kurz vor der Messe wurde uns von der Geschäftsleitung ein neuer Kaffeeautomat spendiert. Ein großer dunkelbrauner Kasten mit integriertem Mahlwerk. Wir können zwischen drei Bohnensorten und zwölf Zubereitungsweisen wählen. Ich nehme zum ersten Mal Café Extreme. Von meinem Platz im rechten Kellereck konnte ich sehen, daß Mizzi heute nacht schon zweimal diese Taste drückte. Der Automat läßt eine größere Menge scharfriechenden, fast schwarzen Sud in meinen Becher fließen und tropft ein wenig Instant-Sahne zu. Mizzi hat ihre henkellose Schale mitten auf dem Mischpult stehen. Jetzt schiebt sie mit der nackten Ferse zwei Regler parallel nach oben und dreht zugleich mit beiden Händen an den Knöpfen, die als eine Reihe großer abgeflachter Kegel den unteren Rand des Pultes bilden.

Ich eile an meinen Platz zurück, weil dort das rote Lämpchen blinkt. Ich habe einen stark betrunkenen, leicht sächselnden Kunden mit Mimo-Vox allein gelassen. Er war bereits in jene Phase eingetreten, die wir den Abhang nennen. Dann sendet uns das Mikro, das in die Fernbedienung des Zimmer-TV integriert ist, nur noch Atemgeräusche, oft ein Hecheln, in den Keller. Manche unserer Klienten legen die Fernbedienung in den letzten Minuten auch neben sich aufs Bett. In diesen Fällen hatten wir früher mit Rückkopplungen des Fernsehtons zu kämpfen. Aber inzwischen sind Soft-Face und Mimo-Vox so ausgereift, daß wir uns nur noch selten, halb spöttisch, halb mit Wehmut, an diese Zeit der Kinderkrankheiten erinnern.

Mizzi, unsere patente Bild-Frau, überwacht sämtliche Gesichter, die Soft-Face generiert und in Bewegung hält, alleine. Dagegen braucht es zur Kontrolle des dazugehörigen Tons weiterhin mehrere Männer. Jetzt in den Messetagen sitzen fünf in den schmalen, schallisolierten Arbeitsboxen. Kai

winkt mir durch die Glastür seiner Kabine zu. Kai ist ein Ur-
gestein; er war bereits dabei, als Home-Channel 66 vor fünf
Jahren seinen ersten Messe-Einsatz trotz tausend kleiner Tük-
ken im wesentlichen bravourös bestand. Gestern, als wir alle
sechs an unserer neuen Kaffeemaschine beieinander standen,
erzählte Kai, daß einst, in einer allerersten Probephase, sogar
noch mit Direktbild – mit echten Frauen, die die Lippen
stumm bewegten! – gesendet worden sei. Kai gab uns eine
haarsträubende Anekdote aus dieser Live-Bild-Zeit zum besten, und unsere beiden Jüngsten wurden, albern, wie sie sind,
und übermüdet, wie wir alle waren, von einem hemmungslo-
sen Kichern durchgeschüttelt.

Mit einem Stift klopft Kai jetzt an das Glas unserer
Trennwand und zeigt auf seinen Monitor. Ich winke ab. Erst
muß ich kurz in das hineinhören, was sich der Sachse und
Mimo-Vox zu sagen haben. Wenn einer von uns fünf die
Automatik ausklickt und selbst ins Mikro spricht, muß Mizzi
eine zu diesem Live-Ton passende Gesichtsbewegung mi-
schen. Soft-Face und Mimo-Vox sind so getaktet, daß Mizzi
zweieinhalb Sekunden Zeit hat, eine adäquate Mimik zuzugeben. Überschreitet sie dieses Limit, schickt Soft-Face eine
Standardbewegung der Mundpartie auf den Bildschirm des
Kunden – das kann mit Pech noch immer etwas hölzern oder
im schlimmsten Fall wie falsch synchronisiert aussehen. Als
Mizzi an einem Frühlingsnachmittag zum Probemischen
kam, hatten wir einen Mann, den wir für den ultimativen
Bild-Mixer hielten, an die Konkurrenz verloren. Wir standen
hinter Mizzi und staunten, wie sie mit Soft-Face hexte. Ihr
kurzes Haar war damals schreiend himmelblau gefärbt. Ich
weiß noch, wie wir alle, selbst Ulli, der Geschäftsführer, im
Lauf von Mizzis Vorführung enger und enger hinter diesem
Blau zusammenrückten.

Ich hätte mich nicht beeilen brauchen. Der Sachse von
Zimmer 33 befindet sich schon wieder in bestem Einklang
mit der Automatik. Als ich mich, zum Eingreifen bereit, vors

Mikro setzte, gab ihm Mimo-Vox die Phrase 0-71: »Das mußt du mir genau erklären, Süßer!« Und wie nicht anders zu erwarten, hat er mit einem Monolog begonnen. Allein schon die Betulichkeit des Tones, den er anschlägt, signalisiert, daß Mimo-Vox und ich ein ganzes Weilchen zuhören dürfen. Erst jetzt probiere ich meinen Café Extreme. Er ist unglaublich stark, fast ungenießbar bitter. Aber da Mizzi den Kaffee so trinkt, ignoriere ich das flaue Gefühl im Magen und nippe noch einmal an meinem Plastikbecher.

Kai kommt zu mir herüber. Er sieht arg blaß aus. Kein Wunder, er geht schon auf die Vierzig zu, hat fast ein Jahr pausiert und ist unserer Sechs-Nächte-Schicht wohl nicht mehr ganz gewachsen. Ich rutsche halb von meinem Drehstuhl, und Kai setzt sich zu mir. Gemeinsam schauen wir zu, wie das Gesicht *Sophia* den einsamen Exkurs des Sachsen mit Lächeln, Nicken und Augenbrauenheben nährt. Von Mimo-Vox kommen dazu in größeren Abständen verschiedene Zustimmungsgeräusche, ein schönes Schmunzelschnauben und jetzt in einer kleinen Sprechpause des Sachsen ein glucksendes Lachen, das ihn sofort zum Weitererzählen animiert. Kai fragt mich, was ich trinke. Ich lasse ihn meinen Café Extreme probieren.

Zur Zeit arbeiten Soft-Face und wir mit sechs Gesichtern. Der Kunde, der sich für unseren Kanal entscheidet, bekommt davon stets vier zur Auswahl. Die restlichen zwei werden als »Leider-momentan-beschäftigt!« zunächst zurückgehalten. Aber bereits während der nächsten drei Minuten erscheinen ihre Namen im Bildschirmtext als »Wieder-frei!« Und das Programm blockiert zwei andere Gesichter. Wir wissen aus Erfahrung, daß es die Nutzer irritieren würde, wenn alle sechs permanent bereitstehen würden. Man ist als Konsument ungern allein. Kai sagt mir jetzt, daß auch bei ihm *Sophia* wieder das Top-Gesicht der ersten Stunden war. Er meint, wir sollten Mizzi fragen, ob es schon vorgekommen sei, daß das breite Antlitz von Sophia sämtliche Monitore füllte. Das hieße, daß wir fünf Kerle in unseren Glaskabäuschen, alle zur selben Zeit, mit *Sophias* tiefer, rauchig wohltönender Stimme zugange gewesen wären.

Meinem Sachsen muß ich nun doch ein kleines individuelles Extra geben. Er hat von seiner Frau erzählt, ist dann abrupt verstummt und will wohl eine Antwort haben. Ich klicke die Phrasen 0-15 und 0-93 an und spreche den Namen seiner Gattin ein. Damit ist alles Nötige getan. Er wird *Sophia* glauben, daß sie sich einfühlsam zu dem von ihm beklagten Hauptproblem der Ehe äußert. Kai sagt, daß er die Mütter von *Sophia* kenne. Die Stimme stamme – zu hundert Prozent! – von einer tragisch früh an Krebs verstorbenen Schauspielerin des Stadttheaters. Dagegen sei das Gesicht bereits auf simple Art synthetisch: Zwei Schwestern aus Berlin habe man so gemischt, daß sich das Mütterlich-Verständige der Älteren mimetisch spannend mit dem Anzüglich-Frechen der Jüngeren verbinde.

Ich frage Kai, was er denn vorhin von mir wollte. Er sagt, er würde mir die Sache lieber zeigen als erklären, und wir gehen in seine Box hinüber. Kai hat bereits zwei Kunden laufen. Die linke Bildschirmhälfte zeigt *Sophia*, die eben einen schönen Schmollmund zieht, um Phrase 36: »Ach sei so lieb und flüster mir noch etwas!« gebührend abzuschließen. Rechts ist das schmale, eigentümlich alterslose Gesicht *Yvonne* zu sehen. *Yvonne* war unser erstes wirklich multiples Antlitz. Sie wurde aus sechs lebenden Müttern und aus Fragmenten von Spielfilmstars der sechziger Jahre zu einem etwas starren, aber gerade in seinem maskenhaften Ausdruck besonders intensiven Typus komponiert. Kai bittet mich, *Yvonne* im Auge zu behalten. Er wolle schnell zum Kaffee-Automaten, um sich einen Becher Café Extreme zu holen.

Weil Kai nicht mehr zurückkam, ging ich ihn suchen und habe ihn an Mizzis Platz gefunden. Kai saß und sitzt noch immer auf Mizzis verwaistem Stuhl, und seine großen, blond beflaumten Hände liegen auf Mizzis Mischpult, ohne einen der Schieberegler anzurühren. Schon leuchtet mehr als die Hälfte der Monitore. Im Lauf der nächsten Stunde wird sich der Rest erhellen, und auf dem Höhepunkt der Messe-Nacht wird Soft-Face die Bildschirme halbieren, um zwanzig oder dreißig gleichzeitige Gesichter der Bild-Kontrolle anzubieten.

Mizzi ist weg. Sie ist auf und davon. Die große gelbe Schale, aus der sie fast ein Vierteljahr den Kaffee trank, hat sie, verkehrt herum, mitten auf ihren Arbeitsplatz gestellt. Auf diesen kleinen Sockel hat unsere Bild-Frau ihre Schuhe so plaziert, daß sie, in kunstvoller Balance gekreuzt, wie ausgestellt erscheinen. Kai und ich wissen, daß es Mizzis Arbeitsschuhe sind. Im Gegensatz zu uns hat Mizzi stets die Straßenschuhe ausgezogen, bevor sie sich ans Mischpult setzte. Schon in der ersten Nacht trug sie die hochhackigen goldenen Pantoletten, die wir jetzt anstarren, als müßten sie sich gleich zu drehen beginnen. Ein weiterer Bildschirm flackert auf. Er zeigt *Yvonne*. Kai und ich warten, bis es eintritt.

Es kommt! Kai hat herausgefunden, daß es periodisch programmiert ist. Immer nach sechs Minuten und sechskommasechs Sekunden erscheint zwischen *Yvonnes* recht groß geratenen Zähnen, in Farbe und Form fast penetrant natürlich, eine Zungenspitze. Ohne daß Mimo-Vox die Rede abbricht oder irgendwie verändert, streckt diese Zunge sich ganz weit heraus, biegt sich nach oben, senkt ihre löffelartig abgeflachte Spitze zwischen die Nasenlöcher und schleckt, nach einer raffinierten Ruhepause, zunächst ins linke und dann ins rechte Nasenloch.

Kais Nacken zittert. Ich lege ihm, auch wenn es nicht viel helfen kann, die Hände auf die Schultern. Noch ist die Nacht erst halb vorbei. Ich fürchte, daß wir es in dieser Schicht nicht schaffen werden, *Yvonne* und Mizzis Zunge zu blockieren. Von Mizzi souverän verwöhnt, sind wir arg faul geworden und haben uns zuletzt kaum mehr ums Bild gekümmert. Kai zeigt Courage und hebt mit spitzen Fingern die goldenen Pantoletten und dann auch Mizzis Kaffeeschale von den Reglern. Vermutlich ist Café Extreme ins Innere des Mischpultes gelaufen. Jetzt sind wir Männer ganz allein. Kai ächzt, auch mir entfährt ein Stöhnen, und beide schütteln wir – synchron – die Fäuste.

Frank Jakubzik
Vor Martas Haus

Unterm Dach wohnt Marta, nur ein paar Straßen von
Sebastians Wohnung entfernt, hinter den schiefstehenden
Häusern, von deren Dächern Schmelzwasser tropft, am Kiosk
mit seinen zitternden Trinkern vorbei, unter den gestreckten
Hälsen der Laternen entlang bis zur Kreuzung mit den gelb
ins Leere blinkenden Ampeln. Von dort sieht man ihr Fenster
schon. Marta im duftigen Nachthemd geht darin auf und ab,
knetet etwas zwischen spitzen Fingern und denkt an ihren
Liebsten. Wer mag das wohl sein, er doch nicht? Sebastian
verbietet sich das Wunschbild, knipst es aus und stellt sich in
die Toreinfahrt auf der anderen Straßenseite, um dort in
scheinbarer Ruhe auf das Weitere zu warten.

Die Straße bleibt still. Ahnungslos schleichen Autos vorbei. Das bewußte Gebäude reckt sich stumm in die Nacht.
Manchmal leuchtet das Treppenhaus auf, springt heraus aus
der Reihe dunkler Fassaden, spreizt sich, macht einen Aus-
fallschritt – Marta läßt ihr Licht herunter. Als knöpfte sich
das Haus die Bluse auf, ein heller Schlitz in der Nacht. Das
Licht fällt breit über die Straße. Der äußerste Zipfel des
schiefen Vierecks aus dem obersten Stock streift Sebastians
Schuhe, worauf er, klein und winzig unter dem Torbogen, er-
rötet, als würden seine Begierden in der Zeitung gebracht.
Doch tritt dann bloß ein großer Nachbar aus dem Haus, die
Sporttasche wiegend, sieht sich rauflustig um und geht pfei-
fend davon. Oder Herr Hintermauer, der Wachmann, der
jetzt per Bus zu den Stadtwerken oder den Messehallen

fährt, wo er die ganze Nacht aufpaßt, genau wie Sebastian, und die blaue Mütze auf dem Kopf hin und herschiebt, weil sie ihm nicht paßt.

Im Laufe der Nacht blinzeln dann auch andere Fenster zu ihm herunter, mit Stores verhangene, witwenhafte Blicke ohne Geheimnis. Eine Küche blitzt auf, eine Klospülung rauscht, dann fährt ein Krankenwagen durch die Nacht. Das sind die Sensationen, bis gegen halb fünf Uhr morgens der Zeitungsmann kommt.

Doch die Ereignislosigkeit ist rein äußerlich: in Sebastian brodelt es. Im Stundentakt, um die Glieder zu lockern, wankt er um den Häuserblock, zwingt sich, nicht an jedem Laternenpfahl anzuhalten und Vorstellungen nachzuhängen – etwa der, daß Marta sich plötzlich zu einem Nachtspaziergang entschlösse und, unterm Mantel das lässige Nachthemd, die Haustür öffnete –, beginnt dann doch zu laufen und kehrt doppelt atemlos an seinen Posten in der Toreinfahrt zurück. Wo sich allerdings, doch das konnte er ja nicht wissen, nichts getan hat.

Einmal, so hat alles angefangen, in jenem seligen Winter vor zwei Jahren, ihrem Schulabschlußjahr, als alles weich unter Schnee lag, die Stadt, mit einer weißeren Kontur begabt, verwandelt, zauberisch, märchenhaft, hat er Martas Brüste gesehen, verdeckt, natürlich, von ihrem Pullover. Aus dem Freiraum zwischen den unangekündigt geöffneten Mantelhälften schien plötzlich all der Schnee zu kommen, der über dem Schulhof kreiste; und mit dieser Entdeckung prägten sich ihm die Brüste der schmalen Marta, die tatsächlich wie kleine Schneekanonen aufgerichtet waren, als etwas Wunderbares ein. Etwas Schmerzhaftes lag in ihrem Anblick, zugleich etwas Mildes und Besänftigendes, als könnte man an oder zwischen ihnen endlich zur Ruhe kommen – und trotzdem streckte Sebastian nach den Momenten der Überraschung, der Verwirrung, der Anerkennung, des Schreckens und der Zärtlichkeit die Hand nicht aus, sondern schaute Marta lange ins abgewandte Gesicht und schließlich gefrustet auf den gefrorenen Boden.

Von jenem Schrecken, jener Lust hat er sich seither nicht erholt. Jeden Winter läuft er ihr aufs neue nach, unbekümmert um die Vergeblichkeit seines Tuns. Im Sommer vergißt er sie öfter, im Herbst fällt sie ihm widerwillig ein, und in den rasch dunkler werdenden Tagen sprießt wie ein Nachtschattengewächs die Marta-Phantasie mit ihren rotlodernden Zweigen. Dann glaubt er zu wissen, daß ihre Brüste aus vereistem Schnee sind, brennende Kristalle in seinen Händen.

Ach, daß es einmal richtig schneite, hofft Sebastian, daß der Schnee die Stadt bedeckte, spitze Giebel auf Zäunen bildend, alles unter sich bergend oder begrabend. Er sieht Herrn Hintermauer zwischen Messehallen und Stadtrand erfrieren, sieht, wie Marta den Pullover hochstreift und den Teilnehmern einer geologischen Konferenz, die in den Sälen der Stadthalle tagt, ihre zwei schneeweißen Felsen zeigt und mageren Beifall erhält. Und anderntags wäre nur noch eine dünne Schneeschicht zwischen ihm und Marta und der Möglichkeit, jene vereisten Kuppen zu erobern.

Tatsächlich aber ist der Winter lau. Nicht einmal richtiger Schnee fällt. Tut er es doch, so bleibt er nicht liegen, und man muß kein Genie sein, um aus der Halbheit dieses Winters auf das Scheitern aller Hoffnung zu schließen, findet Sebastian. Sitzt er untertags zu Hause am Fenster und sieht dem Schnee zu, wie er fällt und nicht liegenbleibt, sondern weich wird und abgleitet von Zaunspitzen und Mauerrücken, sitzt Marta im leeren Sessel neben ihm, im Prinzip ebenso flüchtig und ebenso unfaßbar wie der Schnee, der auf die Dinge fällt, sie sanft zu bedecken verspricht und sich dann davonmacht, in banale Nässe verwandelt. Die ferne Marta am hohen Fenster schläft selber unterm Schnee: Was es auch kostet, denkt Sebastian, man müßte sie irgendwie wecken und wärmen.

Tagsüber sieht er manchmal die Scheue beim Einkaufen, die Eilige an der Bushaltestelle, die Sehnsuchtsvolle mit der

Frauenzeitschrift unterm Arm, deren Versprechungen er sämtlich einlösen würde, wenn sie ihn ließe, und immer hat es den Anschein, als wüßte sie genau, was sie will – doch überlegt sie es sich dann anders, grüßt ihn flüchtig und geht ihm aus dem Weg.

Einmal, als er mit ihr am Fenster eines Cafés saß, mit Blick auf den städtischen Matsch, unter Rentnern und Hausfrauen mit selbstgestrickten Mützen (weiß, wie um den Schnee abblitzen zu lassen), leuchteten auf der Wölbung des Löffels, mit dem er im Kaffee rührte, engumschlungene Leiber auf, zuckend, rötlich gespiegelt, Martas und seiner, wolkig und rätselhaft. Nur Sebastian war klar, daß es sich um seinen und Martas Körper handelte, während die Rentner platonisch-entzückt zu ihnen herübersahen, und die Hausfrauen, die von alldem nichts wissen wollten, die Sahne in den Kaffee tropfen ließen. Auch Marta zog mit dem Löffel Schlieren ins Getränk, rührte ihre Gedanken hinein, sagte nichts und starrte an ihm vorbei, über Kännchen und Tassen, Kuchen und Teller und weiße Blumenvasen hinweg ins Leere.

Hat er von Marta einige Zeit lang nicht geträumt, verwandelt sich die Welt schnell wieder zurück ins Bekannte, kühlt ab, ordnet sich wieder in Tische und Tischdecken, Straßen und hohe Gebäude mit kleinen Angestellten darin, ernüchternd geometrisch auf drei Dimensionen beschränkt, die gleichwohl mit ihrer Konkretheit protzen und sich gebieterisch ausbreiten. Rasch fängt er wieder von ihr zu träumen an, von Giebeln und Schnee und Pullovern und dem, was darunter lebendig sein mag, und rasch findet er sich wieder unter dem Torbogen ein.

Liebt er an Marta nur das Mögliche? Das Vage, das jederzeit Ungewisse und Schwankende, das An- und Abschwellende, das sie mit dem Mond gemein hat, die mal klaffende, mal zart geöffnete Möglichkeit, die sich als Schleier vor ihm teilt, um im letzten Augenblick als eisernes Tor vor ihm zuzufallen?

Im vorigen Jahr hat er sie immerhin aufgefordert, in den Zoo mit ihm zu gehen. Sie standen vor den Gehegen, die Hände tief in den Manteltaschen verstaut, die Hälse eingeschrumpft, den Schal quer überm Mund, und sahen schweigend den Tieren zu, Marta im braunen Mantel, zugeknöpft, den Leib bis zur Unkenntlichkeit verhüllt, ein ganz und gar unverfrorenes Päckchen.

Sie war abwesend, nachdenklich, wie immer, wenn er in ihrer Nähe war. So viel, da war Sebastian sicher, gab es auf der ganzen Welt nicht zu überlegen. Ihre Hand streifte übers Geländer, wischte den weichen, glasigen Schnee fort. Er hustete, sie nahm keine Notiz. Was sollte er noch tun? Vielleicht übern Zaun flanken zu den Löwen mit lässigem Gruß?

Anscheinend liebte sie Tiere. Es machte ihr dennoch nichts aus, von ihnen getrennt zu sein durch Gräben, Zäune, Wälle und Wände, über die Zugbrücken führten oder geheime Türen für die Wärter. Marta schaute zu ihnen hinüber und lachte und fand nichts dabei, sie niemals berühren zu dürfen.

Vor den Volieren der tropischen Vögel öffnete sie noch einmal den Mantel, und im selben Augenblick brach über der Zoomauer ein Flockengewimmel herein, stand dort still in der Luft, Andeutung eines Schneesturms, wie damals über dem Schulhof, und es war klar wie nie, daß Marta, wenn sie den Mantel auftat, über besondere Kräfte gebot. Unter der Kälte die desto glühendere Lust, dachte Sebastian schaudernd. Doch als er wenig später, am Zooausgang, sie am Arm faßt und den gespitzten Mund ihren Lippen nähern will, hebt sie die behandschuhte Hand und zeigt mit kunstledernem Finger auf die Zunge, die sie ihm rausstreckt, mit einem Halsbonbon darauf.

Es ist nicht, daß sie mich nicht mag, sie denkt nur praktisch, vermutet Sebastian. Doch wenn sie nicht bald nachgibt, wird er vielleicht eines Tages tot im Schnee liegen, von sich selbst hinterrücks erschossen, und sehr glükklich sein. Oder unglücklich, aber was wird das dann noch ausmachen? Ja, er müßte sich von Herrn Hintermauer zwischen den Messehallen erschießen lassen, der könnte es Marta dann auch erzählen. Doch leider fällt eben kein Schnee, auch nicht am Stadtrand bei den Messehallen, und ohne Schnee kann er es nicht machen, ohne Schnee mag er nicht tot daliegen, das gibt einfach zu wenig her für sein Gefühl.

Inzwischen wird es zudem schon wärmer; was nie recht fror, fängt an zu tauen; viel zu früh für die Jahreszeit, findet Sebastian. Die Luft ist feucht, schwere Flecken legen sich über Fahrbahn und Gehweg, die Hosenbeine stehen ihm klamm um die Waden. Herr Hintermauer geht in Uniform aus dem Haus, die spritzwassernasse Straße hinunter, zum Bus, dem immergleichen Bus, mit seinem rosigen, geröteten, porösen Gesicht. Es hat sich nichts geändert, nur Herr Hintermauer lebt auf, bewegt sich lockerer in der Wärme, schreitet, man muß beinahe sagen schwungvoll, zum Dienst, während die Stadt sich jubelnd dem Frühling entgegenhebt und Sebastian sich noch müder als zuvor in die Toreinfahrt drückt, die Hände in den Manteltaschen, die Schultern gefaltet, mit hängendem Kopf und ohne Trost zu finden im Anblick seiner feuchten Stiefelspitzen.

Wie lange soll er noch hier stehen? Er kennt die Tauben, die ein- und ausfliegen durch einen Spalt im Dach, kennt den Mond in allen Winkeln überm Haus, ob er nun vielversprechend zum Giebel schielt oder schroff und abweisend senkrecht steht, kennt das Hin und Her seiner Hoffnungen in der fahlweißen Beleuchtung, überdies die Verdauungsgewohnheiten der Hausbewohner.

Erst wenn am Morgen der Wagen des Zeitungsboten, ein Diesel mit einem Kennzeichen aus dem Landkreis und Schnee auf dem Dach, vor der Einfahrt stoppt, geht Sebastian davon, indem er so tut, als verließe er das Haus hinter der Toreinfahrt auf dem Weg zur Arbeit. Still und verschlossen das glaubhaft zerknitterte Gesicht, nestelt er die Hand aus der Tasche, um sich zum Gruß an die Stirn zu tippen.

Sei ein Mann, wenigstens morgen!, ruft er jedesmal dem verzweifelten Winter zu. Doch schal und flau bleiben auch anderntags fünfzehn Flocken Schnee über der Straße stehen, als hätten sie sich in der Karte geirrt.

Julia Franck
Die Wunde

Liebe Lords, in unserer Zeitung habe ich von Ihnen gelesen, Sie suchen ein *Mädchen für alles* auf Ihrem schottischen
Landschloß, und lassen Sie mich nur eins verraten: genau das
bin ich.

Wie schön, daß ich neuerdings einen Computer habe,
über den wir uns verständigen können. Ich bin mir sicher, Sie
wollen etwas mehr über mich wissen, bevor ich komme und
mich zeige. Ich bin nicht attraktiv, das schminken Sie sich
gleich ab, kann nicht mit Bildung und Intelligenz prahlen.
Mein Bruder sagt, das einzige, was ich richtig kann, ist, ich
selber sein, und dafür muß man mich lieben.

Am besten erzähle ich Ihnen was aus meinem Leben. Sie
ahnen ja nicht, wie lang das schon war und was ich nicht alles
erlebt habe! Doch das könnte Sie nerven, also fange ich bei
heute an.

Unter meinen Achseln klebt Schweiß. Ich stinke. Wenn
ich Luft hole, huste ich. Eiter löst sich zwischen Zähnen und
Zunge, die sah gestern im Spiegel gelb aus. Ich würde gern
mehr auf mich achten, aber wozu? Einen Freund habe ich
nicht. Ich freue mich, wenn ich erst jeden Morgen ein
Duschbad nehme, mit viel Schaum, Himbeerduft, den mag
ich am liebsten, und dann für Sie ein Kleidchen anziehen,
oder ein Schürzchen überziehen oder auch ein Gärtnerkittel-
chen tragen darf.

Ich bin erschöpft, war ein langer Tag heute, wollte noch
meinen Bruder anrufen, damit er sich keine Sorgen macht.

Mein Arm reichte nicht mehr bis zum Telefon. Wenn ich müde bin, schrumpft er und kommt nicht mehr über den Rand des Bettes hinaus. Ich hoffe, in Ihrem Schloß gibt es große Betten, und die Telefone haben so lange Strippen, wie ich sie brauchen werde, nein, besser noch, sie haben gar keine, sie sind ganz ohne Leitung, und ich kann über Funk mit meinem Bruder über den Ozean bis ins Bett telefonieren.

Seit ich auf dem Rummel gearbeitet habe, das war letztes Jahr, soll ich meinen Bruder immer nach der Arbeit anrufen, er hat Angst, ich läge sonst ermordet hinter einem Busch. Zur Zeit arbeite ich viel, oft Tag und Nacht, dann komme ich zwischendurch nach Hause, schlafe wenig. Ich bin mir sicher, mein Bruder erspart mir diese Pflicht, ihn anzurufen, sobald ich bei Ihnen bin, sonst wird Ihre Telefonrechnung riesig. Ich spare immer mit den Telefoneinheiten, das hat mir meine Mutter beigebracht, Sie werden schon sehen.

Wir sind übrigens Vollwaisen. Mein Bruder hat sonst niemanden, nur mich. Die Kollegen in seinem Studium für Tiermedizin gefallen ihm nicht, keiner gefällt ihm, an mich hat er sich gewöhnt. Ich bin da ganz anders. Ich glaube, die meisten Menschen, die alleine leben, haben einen Hund, ich habe eine Katze. Sie heißt Muschi. Sie ist sehr laut, sie weint den ganzen Tag, während ich arbeite und nicht da bin.

Wenn ich zu Ihnen nach Schottland komme, wird sich alles ändern, auch für meine Katze, denn wir werden den ganzen Tag beisammen sein können.

Keine Angst, Muschi kostet nichts. Ich gehe jeden Samstag auf den Markt und hole mir von der Fischfrau Fischköpfe und Eingeweide, die braucht sie nicht mehr, und die Kunden wollen sie nicht. Das ist auch gut so, denn Muschi liebt die über alles. Bestimmt gibt es auch bei Ihnen einen Markt mit einer Fischfrau, ansonsten können wir es mit Lammfleisch oder Steak probieren. Mit den Fischköpfen jedenfalls habe ich gute Erfahrungen gemacht. Ich koche sie ein, mit Haferflocken, die dicken gut und sind wertvoll für

Muschis Fell. Muschi hat ein sehr weiches Fell, ich bin mir sicher, daß Sie gar nicht anders können, als sie lieben. Allerdings muß ich Sie warnen, denn Muschi mag außer mir und meinem Bruder niemanden.

Zwei abgebrochene Ausbildungen habe ich, also nichts so richtig gelernt.

Alle paar Wochen schlage ich die Zeitung auf und suche mir einen neuen Job. Heute habe ich mich sehr gefreut, als ich Ihre Anzeige fand. Jetzt im Sommer gab es nämlich eine große Flaute, Millionen Studenten stürmten in die Montagehallen und Copycenter, es gab kein vernünftiges Angebot, also folgte ich dem Rat einer Bedienung im Schnellrestaurant und wandte mich an den Filialleiter. Das war so ein kleiner dicker Mann, der ganz hinter seinem Kugelbauch verschwand und schwitzige Hände hatte, mit denen er mir gutmütig auf den Po klopfte. Ich versuchte, ihm in die Augen zu blicken, das hat mir meine Mutter beigebracht. Schau jedem in die Augen, von dem du etwas willst und der Respekt vor dir haben soll, hat sie mir gesagt. Er hatte keine Augen. Zwei kleine Schlitze saßen an ihrer Stelle und waren schwarz, kein Flakkern, kein Flunkern. Ich habe ihn zwei Wochen jeden Tag gesehen. Zum Schluß habe ich mir nicht mehr gewünscht, daß er Augen hätte. Ich wollte nur weg.

Er hatte mir gestattet, vor den blanken Toilettentüren zu sitzen. Ich trug meinen weißen Kittel, der schon bei allerhand Gelegenheiten herhalten mußte, ich schwitzte. Es gab eine Klimaanlage, die war kaputt, anstatt kühle Luft hereinzubringen, wurde durch sie der ganze Fritteusengestank in die Toilette geblasen.

Weil ich so schwitzte, hatte ich unter dem Kittel nichts an, ich meine, keine Unterwäsche und so, das habe ich im Krankenhaus gelernt. Da habe ich mal eine Weile als Pflegehilfe gearbeitet. Immer regten sich die Schwestern über ihre Arbeitskleidung auf, weil die Patienten alle dasselbe Hobby hatten, uns direkt oder sich gegenseitig zu verraten, wie gemustert die Unterhose und wie geformt der BH ist. Das einfachste also war, nichts drunter anzuziehen, da sah man noch am wenigsten. Und wer was zu erkennen glaubte, hielt lieber den Mund.

Vor meiner Toilette im Schnellrestaurant hatte es den Effekt, daß der Filialleiter immer vor mir auf dem Boden herumrutschte, sich freiwillig zu Reinigungsarbeiten meldete und dabei ebenfalls schwitzte wie Sau. Ich leerte hin und wieder das Tellerchen und wischte die Brillen nach. Da gehen viele Menschen ein und aus.

Ich fragte mich, wo die Menschen herkamen und wo sie hingingen.

Shit, haben sie oft gesagt, wenn ich den Menschen mit der anderen Sprache meine Hand offen entgegenstreckte, damit sie ja wüßten, daß ich dort arbeite und nicht zum Vergnügen bin. Ich habe auch andere Worte gehört, ich denke, ich werde mich in Schottland durchaus zurechtfinden.

Die McDonalds-Filiale, in der ich heimisch war, befindet sich genau gegenüber vom Bahnhof, also kommen von dort die Menschen herüber. Auf der Bahnhofstoilette mußten sie bezahlen, auf meiner durften sie, das fiel ihnen leichter. Man verdient gar nicht schlecht dort, aber es war ein anstrengender Job, ich mußte mich häufig für den Filialleiter entschuldigen, dessen Verhalten die Gäste zunehmend befremdete. Es wurde ihm binnen weniger Tage zur Manie, auf dem Toilettenboden herumzuwischen, und kaum daß ein Gast ihn so sah, machte er, daß er wegkam. Das machte sich auch beim Geld bemerkbar.

Inzwischen lasse ich mich nicht mehr für dumm verkaufen. Ich habe mich selbständig gemacht. Der Kittel gehörte ja sowieso mir, eine Untertasse hatte ich auch noch zu Hause. Und seitdem gilt es nur, immer wieder neue Adressen aus dem Branchenbuch suchen, hingehen und gucken, ob das Restaurant auch ja so richtig schön piekfein ist. Je besser das Restaurant, desto mehr Geld für mich. Und außerdem ist man hier vor dem Personal sicher, die gehen auf eine eigene, für den Gast unsichtbare Toilette.

Ich spiele Spiele. Zum Beispiel denke ich mir für jeden einen Namen aus, das ist eine Kleinigkeit, dann erfinde ich ganze Lebensläufe und denke darüber nach, wie merkwürdig es doch ist, daß sich all diese Menschen, die einander sonst fremd sind, hier in meinen Räumen treffen, gewissermaßen zusammenfinden, ohne Worte. Ich höre von Zeit zu Zeit die Furze der Herrschaften und nach der Spülung noch eine winzige Anzüglichkeit des einen oder anderen ausgefallenen Herren, dafür gibt es dann Extrageld.

Meine Katze steigt jeden Tag aus dem Fenster hinaus und setzt sich auf den Fenstersims, dort geht es ihr schlecht. Sie jammert von früh bis spät, und zur Mittagsstunde, meine Nachbarn sind da sehr streng, nehme ich sie herein, schließe das Fenster und stecke mir Oropax in die Ohren, um sie nicht zu hören. Um drei Uhr lasse ich sie wieder hinaus. Ich weiß jetzt, was sie vermißt, bin nicht ich, es sind die freien Wiesen und andere Katzen zum Toben. Die Leute nennen mich Tierquälerin. Sie wissen ja vielleicht, wie sowas ist. Man mag mich einfach nicht. Wir müssen hier weg, Muschi und ich. Bei Ihnen hätte Muschi bestimmt alles, was sie braucht.

Mein Bruder wird traurig sein, wenn wir nicht mehr da sind. Ich mag gar nicht daran denken.

Einmal habe ich sogar einen Drohbrief von einem Kind bekommen. Es hat mir geschrieben, daß ich ein sehr sehr schlechter Mensch sei, daß es nichts lieber täte, als mir die Katze wegzunehmen, nur leider habe es eine Katzenallergie. Ich tröstete mich damit, daß ich wußte, die Eltern des Kindes, Nachbarn aus der dreizehnten Etage, gehören einer Sekte an. Deshalb bin ich ein schlechter Mensch, solche muß es bei denen einfach geben. Bei denen drückt sich der Grad an Heiligkeit in der Nähe zum Himmel aus, sie, die im dreizehnten wohnen, sind natürlich näher, als ich im fünften. Eigentlich gehöre ich in den Keller, schrieb das Kind, und wenn ich mich nicht bessern mag, werde ich da auch bald gefunden. Schließlich, was kann ich dafür, liebe Lords? Meine Katze ist ein gar traurig Wesen, das will ich nicht leugnen, aber zu meiner Verteidigung: Kinder läßt man bei uns auch schreien. Und ich kann ja nicht anders, ich muß doch arbeiten!

Wie Sie sehen, sind meine Katze und ich nicht gerade beliebt hier im Haus. Bei Ihnen auf dem Schloß wäre alles anders, da bin ich mir sicher, denn erstens könnte Muschi immer im Park spazieren, und zweitens gibt es vielleicht nicht so viele Nachbarn?

An der Decke meiner Wohnung haben sich braune Ränder gebildet, manchmal, wenn es regnet, wie jetzt, tropft es auch in meinem Zimmer. Muschi schreit erbärmlich, sie wimmert, aber nicht mehr auf dem Fenstersims, auch nicht im Zimmer, ich kann sie nicht sehen. Warten Sie einen Moment.

Da bin ich wieder. Ich habe Muschi in der ganzen Wohnung nicht gefunden. Als ich aus dem Fenster guckte, entdeckte ich sie unten, fünf Etagen tiefer auf dem Wellblech. Das Telefon klingelt, ich gehe nicht ran. Muschi schreit. Ich traue mich nicht runter, ich möchte sie nicht sehen. Ich halte mir die Ohren zu, aber ich muß schreiben, dann fällt mir das Oropax ein, doch ich kann es nicht finden. Mein Schweiß stinkt jetzt nach Angst, meine Augen sind naß, Wasser quillt auch aus ihnen, meine Augen schwitzen, nein, ich weine.

Der Eiter auf meiner Zunge klebt, er wird ganz trocken in der Aufregung. Was soll ich bloß machen? Ich muß die Sache regeln, jetzt klingelt es schon an der Tür. Ich warte, bin ganz still und versuche, nicht zu husten. Es brennt in meinem Hals, ich bleibe reglos auf meiner Matratze liegen. Es klingelt immer wieder. Die Leute sind aufdringlich, sie lassen mich nicht in Ruhe. Ich träume vom Schloß. Vielleicht sind es die Kinder. Unter mir wohnt eine Familie mit sieben Kindern, die ärgern mich immer besonders gerne. Sie hören gar nicht auf, da hilft kein Oropax. Als einer der Stöpsel herausfällt, höre ich mein Heulen. Kein Wunder, die Kinder werden es auch gehört haben, sie lachen. Ich schleiche mich zur Tür und drehe den Schlüssel zweimal. Dann gehe ich auf Zehenspitzen zurück zu meiner Matratze. Muschi wimmert, ich höre sie immer leiser. Vielleicht ist es die Gewohnheit, Hörgewohnheit, selektives Hören, davon habe ich gelesen. In Wirklichkeit schreit sie noch ebenso laut wie vorhin, nur höre ich sie nicht mehr so deutlich. Ich denke an andere Sachen, ich versuche, mich zu konzentrieren. Ich wollte ja diesen Brief schreiben.

Die Nachbarn werden sich freuen.

Dear Miss,

we have just received your letter and asked Sir Peek, who is in the honour of being our butler, to give us a translation. We are not exactly clear what to make of your request.

In any case, we are wondering how is your cat?

Sincerely,

The Lords

Ich habe es kaum glauben können! Da kommt doch tatsächlich eine Antwort! Und was für eine? Ich verstehe so gut wie nichts. Sie nennen mich Miss, das freut mich sehr. Und Sie fragen nach meiner Katze, cat, das habe ich verstanden. Ich sagte doch schon, sie liegt unten vor meinem Fenster auf dem Wellblech. Sie ist stumm, entweder böse, daß ich nicht gekommen bin, oder tot. Niemand klingelt mehr an der Tür.

Vorhin habe ich die Tür einen Spalt weit geöffnet, da stürzten sie herein, zwei von den Kleinen, die unter mir wohnen. Ich hatte noch versucht, die Tür zuzuhalten, aber sie waren so klein und schnell. Ehe ich mich versah, hatten sie in jede Ecke geguckt, mit großen Augen und ganz außer Atem, dann rannten sie zum offenen Fenster und kletterten auf den Sims. Ich half ihnen beim Nachsehen.

Jetzt ist meine Katze ganz verdeckt von dem grünen Pullover des kleinen Jungen. Ich glaube, sie ist tot, der Junge hat sie erschlagen. Das Mädchen liegt etwas weiter weg. Man kann eine Sirene hören, die immer näher kommt. An meiner Tür bleibt es still.

Ich nehme meinen weißen Kittel vom Haken, heute werde ich es im Wirtshaus Schildhorn versuchen. Ich habe gehört, dort sind die Toiletten aus Marmor. Das glaube ich nicht. Aber die Leute dort haben Geld und entsprechend viel Anstand und Mitleid mit einem armen Mädchen wie mir.

Ohne meine Katze werde ich nicht kommen können. Es tut mir sehr leid, Sie enttäuschen zu müssen, aber es ist so. Immer, wenn ich über Ihren englischen Rasen streicheln oder in der Küche die Lachse zerlegen würde, müßte ich an Muschi denken, und das will ich nicht.

Ich muß mich jetzt beeilen, ich sollte mir die Zähne putzen, damit die Leute meinen Eiter nicht riechen, ich habe eine Wunde im Gaumen, eine klaffende, ich habe mich auch mal aus dem Fenster gestürzt, sowas kommt vor. Ich muß jetzt arbeiten, also seien Sie bitte nicht enttäuscht.

»'Chab dich im *Gran' Tour* gesehen, bist Springer, mein Freund?«, hatte Polikov Leo Pardell interessiert gefragt. Pardell hatte mit dem Eifer des Unbeholfenen eine für die Rückfahrt vorgesehene Palette *Köstliches Szegediner Gulasch* aus dem Office des Liegewagens in die Küchenzeile des Speisewagens getragen, um die einzelnen Packungen übereinander in den muffigen Geruch der Lagerschränke einzuräumen. Polikov, der im leeren Speisewagen gewartet hatte, erklärte ihm, mit seiner Flasche *Augustiner Edelstoff* in der linken Hand, daß er, wenn er es denn diesmal getan hätte, auf keinen Fall Portion für Portion im Wasserbad erwärmen sollte, wie es auf dem Karton jeder einzelnen Packung angegeben war, sondern, trotz ausdrücklicher Warnung und dringlichen Verbots, dann, wenn er *sechs* Bestellungen habe, *vier* Portionen in einen großen Topf schütten, erhitzen und auf *sechs* portionieren; *vier* abrechnen und *sechs* abkassieren: »Tip von alte Chase!«

»Oh, vielen Dank für den Hinweis«, sagte der verlegene Pardell, lächelnd, versuchte reflexartig die Differenz auszurechnen, ließ es bleiben und reichte dem fremden Schaffner die Hand.

»Leo Pardell. München!« – »'Ch 'abe sehr früh begriffen, wenn auch nicht so früh wie einige andere Leute, daß Dinge nicht sind, was sie scheinen«, sagte Polikov. »Aber 'ch bin Polikov, das mindestens ist sicher!«, öffnete mit dem Vierkant eine Flasche *Edelstoff*, grinste überschwenglich.

»Wir sehen uns, ich komm rum nachher, wenn Leute schlaffen, mein Freund!« sagte er und verschwand lässig. Polikov war aus Hamburg gekommen, es war kurz nach 21 Uhr, und die beiden Zugteile, der Münchner und der Hamburger, waren in Saarbrücken verkoppelt worden, um gemeinsam nach Nantes zu fahren. Jetzt war man irgendwo im Elsaß, auf Nebengleisen, fuhr langsam, immer wieder unterbrochen von plötzlichen Anhalten: ihr vermählter Doppelzug war ein außerplanmäßiger, ein ekstatisches, ausschweifendes Ereignis des Sommers, mit Autos und Ehepaaren, die an den Atlantik aufbrachen, ein Sommerreisezug, ohne Zustiege, ohne Ausstiege auf der gesamten Strecke, ein großartiger Rutsch, eine 36-Stunden-Expedition über die separaten und dunklen Linien des Güterverkehrs. Erst wieder in Angers, morgen früh, würde man halten, um Wasser aufzunehmen und Croissants für das köstliche Pauschalfrühstück, für das, ebenso wie für die anderen Mahlzeiten, Pardell verantwortlich zeichnete. Die Spuren des Abendessens, der 43 Portionen *Köstlichen Szegediner Gulaschs*, waren beseitigt und die verzweifelte Panik, mit der Pardell, Koch, Kellner, Tellerwäscher in einem, von Tisch zu Tisch, von Kühlschrank zu Herd gerast war, war vergessen.

Jetzt, gegen 23 Uhr, lagen alle Reisenden seufzend in ihren Betten, auf ihren Pritschen, das *köstliche* Gulasch im Gedärm, viele schlaflos, hörten auf die unverständlichen Prophezeiungen der Schienen. Polikov, der kurz nach halb zehn aus dem von ihm regierten Zugteil gekommen war, und Pardell, die beiden Schaffner, hatten sich niedergelassen. Tranken *Edelstoff*, unterhielten sich, einander von Anfang an gewogen.

Das also war Polikov, das erotische Genie. Polikov, das Wunder der genutzten Gelegenheit, dem niemals das Lächeln von den Lippen wich, niemals der sanfte Blick unter den enormen Gläsern der dunkelbraunen dickrandigen Plastikbrille sich verdüsterte – Polikov, ausgedehnte Halbglatze, *Edelstoffranzen*, scheinbar immer dasselbe unter den Achseln dünne und dunkle Hemd aus bulgarischer Produktion, immer fröhlich, Polikov, immer die Hand am Reißverschluß, sich im Schritt kratzend, am Gürtel entlangfahrend, um sich an der Gesäßfalte die Hose nach oben zu ziehen, die Brille zurechtzurücken. Polikov. Immer ein Bier, ein beständiges Zischen um Polikov herum, einen höchst lebendigen Vierkant in der Hand. Der Nimmermüde, mit seinem erstklassigen weißlichen Hemd aus Polyester, unbegreiflich lebendig, am Kinn ein kleiner rot-krustiger Brocken vermutlich sehr scharfer italienischer Pasta.

Seit seinen ersten Tagen in der Compagnie hatte Pardell immer wieder von Polikov reden hören; alle die Ungelenken, Unhöflichen, die vom Kein-Charme-Niemals-Fluch-Geschlagenen, die Schüchternen, die sich unaufhörlich heimlich mit den Fingern über die eingefallenen Wangen fuhren, um zu prüfen, ob die blühende Akne niemals endender Pubertät inzwischen und durch Zauberhand verschwunden wäre, all die, die an nichts anderes denken konnten als daran, durchreisende Frauen zu vögeln, ohne es jemals zu tun, also fast alle: die heimlichen Onanisten, die sich schwitzend und ächzend über die Toiletten beugten, einen nahezu spastischen Fuß auf den schwarzen, ledrig-federnden Bodenhebel drückend, ihren verschwommenen, von den prasselnden Sternschnuppen durchstöberten Blick auf die rasenden Katarakte der Schienen gerichtet, um dann das Ejakulat möglichst vollständig und ohne weitere Spuren zu hinterlassen, zwischen Wöhrl und Innsbruck, zwischen Bellegard und Culoz, zwischen St. Margarethen und Bregenz oder wo immer auch zu verstreuen, Onans zuckende Widergänger – diese alle führten, so oft es ging, Polikovs Namen im Munde, um seiner legendären Qualitäten zumindest für kurze Zeit teilhaftig zu werden.

Egal welchen Frauentyp man grade vor Augen hatte, die Blonden, die Rothaarigen, die Fetten, junge, geschmeidige, ältere, verdorbene Miezen, all diese kurzfristigen körperlichen Epiphanien aus dem weitläufigen Paradies der Onanierphantasmen, man konnte eine faszinierende Polikov-Erzählung dazu hören. Keine Erscheinung, kein Typus, auf dessen Feld Polikov nicht schon wenigstens einmal zugeschlagen, erobert, verführt, seine speziellen, von kochendem Gewürz und unaufhörlichem Genuß scharfen Alkohols gebeizten Atemstöße über weiße, dunkle, schorfige Haut pulsierend gelegt hatte, über junge samtige, alte, von den teuersten Produkten der kosmetischen Industrie gesalbte, über von Natur aus wohlriechende, über dreckig-gammlige, von Pusteln versehrte Haut. Keine Sorte von Wäsche, die Polikov nicht schon untersucht, gekonnt und schnell vom Körper der Erwartungsfrohen gezerrt und geschmeichelt hatte, Höschen, von Polikovs Zähnen zerrissen, oder auch nur zur Seite geschoben, um seinem phantastischen Organ Aufenthalt zu bieten, eine wo es die biographischen Umstände zuließen, feuchte und schmeichelnde Geschmeidigkeit. Angeblich brachte Polikov seinen Kollegen gelegentlich das eine oder andere feine oder weniger feine Höschen als Souvenir mit. Eine besonders phantastische Legende berichtete, Polikov habe in den frühen achtziger Jahren, nach einer Kopenhagentour ein isabellefarbengesprenkeltes Satinhöschen in der Abrechnungsmappe vergessen und es danach, als der Dienststellenleiter ihn darauf ansprach, *zurückgefordert*.

Polikov vögelte als der große Verführer stellvertretend für alle Schaffner, er war das symbolisch-repräsentierende Glied der Compagnie. Zumindest konnte es, bei der Unzahl der über Polikov kursierenden Erzählungen, Anekdoten und Legenden den Anschein haben, daß noch die Armseligsten für Augenblicke ihrem Elend enthoben waren, wenn sie von ihm erzählten. Gerade den NeuSchaffnern, die ihrerseits noch keine Polikov-Geschichten kannten und staunend in das unergründliche, unbegreifliche Polikov-Mysterium unwiderstehlicher Verführungskünste eingeführt wurden, wurde besonders gerne erzählt, mit besonderer nachhaltiger Leidenschaft. Das *Triumfo* in Neapel, das *Gran' Tour* in Paris, das *Nagelmakers Inn* in Zürich waren überdeckt von einem vielstimmigen Gobelin unzähliger begeisterter Männerstimmen, in denen Polikov als dauernder zweisilbiger Jubellaut im Diskant sich verwebender Erzählungen aufblitzte. Da es in der *Compagnie* kein Thema gibt, das nicht auf eine gewisse offensichtliche oder geheimnisvolle Weise mit der männlichen Sexualität zu tun hat, hat jedes sehr interessante Thema zwangsläufig auch mit Polikov zu tun.

Ein Oberschaffner aus Genua, der es seit langer Zeit im Kreuz hatte, erzählte Pardell, der im *PeepnagelsInn* still das wöchentliche Gemüsegratin verzehrte, von Polikovs kurzen Ausflügen in die Bahnhofsmission von Oostende, und der Eroberung einer offensichtlich in ihrem Glauben schwankenden Ordensschwester durch ein paar geschickte Handgriffe im richtigen Augenblick. »Dabei wollte Polikov nur Pflaster für seinen gequetschten Finger, Bluterguß, ganz schwarz-rot. Hat sich gequetscht in Schiebetür, mußt aufpassen, Leonarde, die Schiebetür …« Und war mit dem Stichwort »*Schiebetür*« in großes, rätselhaftes Gelächter verfallen.

Pardell, nach fünf Wochen in der Compagnie, nun endlich tatsächlich mit dem Großen Verführer an einem Tisch, starrte auf den tiefdunkel-kralligen Fingernagel des Mittelfingers von Polikovs linker Hand, die auf dem Etikett des *Edelstoffs* ruhte und überlegte, wie er dem Geheimnis des Bulgaren am güngstigsten auf die Spur kommen sollte. Er fand, daß es an der Zeit war, an verläßliche Einzelheiten aus dem Inneren des Eros auf Reisen zu kommen. ›Wie muß ich mich anstellen?‹ war die entscheidende geheime Frage Pardells und niemand konnte ihm dazu wertvollere Hinweise geben, vielleicht sogar endgültige Aufklärung, als Polikov.

Polikov, der *Edelstoffranzen*, die Glatze, die schwärzliche Spur unter den Fingernägeln, die Weckglasbrille, seine alkoholisierte nervöse Präsenz, die Neigung, seine Zähne mit Hilfe eines in der Hemdtasche mitgeführten prähistorischen Zahnstochers nach Essensresten zu durchsuchen und dabei

weiterzusprechen, all das verwirrte Pardell. Ihm körperliche Attraktivität zuzusprechen war nicht eigentlich möglich; sicherlich, Polikov war umstrahlt vom Heldenkranz seiner Legenden, von den Hymnen aus dem *Triumfo*, dem *Gran' Tour*, die
aber doch den Frauen, die er genialisch verführte, eigentlich
unbekannt sein müßten. Unmöglich konnte Pardell Polikov
einfach auf das ansprechen, was ihm als Sage zugetragen worden war, und so unterhielten sich der Adept und der Große
Verführer zunächst über anderes.

Polikov hatte eine bemerkenswerte Geschichte hinter
sich gebracht, war als einziger Sohn einer alten bulgarischen
Gelehrtenfamilie in den frühen sechziger Jahren aus seiner
Heimat geflohen, um dem obligatorischen Wehrdienst zu
entgehen. Sein Vater, der damals ein ins politische Abseits ge-
stellter VizeDirektor des Naturhistorischen Museums von So-
fia gewesen sei, habe seinen Plan unterstützt, über die Türkei
nach Italien zu fliehen.

»Mein Junge, chat er gesagt, ein Polikov kann verzichten
auf alles, aber nicht auf Bücher. Da bin ich mit Holzkiste mit
Büchern über Grenze, mein Gott, 'chab ich meinen Vater ge-
flucht, als ich in Istanbul war und nichts hatte, außer bulgarische Bücher über Zoologie, kein anderer Anzug, nichts außer
Linné auf Deutsch, Shakespeare auf Englisch, Gedichte, nur
zwei Unterhosen mit, aber Stendhal, Schwarz und Rot – tol-
les Buch übrigens.«

»Wie kam das denn, dieser Rat?« fragte Pardell.

»Mein Vater war nicht von diese Welt – auf sein Stuhl im
Museum saß er und schrieb viele Abhandlung über Bulgarische Fauna. Unser Großvater war Entdecker von einer gewisse Zwergeiche aus Bulgarische Karpaten. Leider auf letzte
Expedition verunglückt, Bärmutter sehr nervöse Tiere …«

»Wie heißt die?« – »Die Bär?« – »Nein, tut mir leid, das,
nein, ich meinte … die Eiche?« – »Polikov-Eiche«, sagte Polikov und machte sich mit dem Vierkant an eine melancholi-
sche Flasche *Edelstoff* heran.

In immer tieferer, immer euphorischerer Nacht passierte man gegen Mitternacht Dijon, fuhr für kurze Zeit am *Canal du Centre* entlang, Richtung Moulins, durcheilte dabei die aufspritzenden Lichter kleiner und fast verlassener Provinzbahnhöfe, auf denen allenfalls noch ein immer wieder einnickender Gleiswärter, ein *Pion de Trace*, seiner Pension entgegendämmerte, um mit der außerplanmäßigen Durchfahrt des Schlafwagenzugs endlich schlafen gehen zu können.

»Weißt du, in Instanbul, bist du verrückt, habe ich nicht lange aufgehalten – ich wollte nach Italien, Bologna, la Dottota, mein Großvater war Ehrendoktor von Botanische Fakultät gewesen. Zwei Monate in Hafen Kistenschleppen und 'ch 'atte kleinen Koffer mit Wäsche zusammen und bin mit Frachter nach Napoli.«

Die Reise des gutgelaunten Polikov als jungem Mann, mit seinem dunkelgelben Lederimitatkoffer, den Büchern, die er nicht hergeben wollte, obwohl er sie in der Zwischenzeit auswendig konnte, führte von Neapel weiter nach Rom, wo er eine Weile blieb, um in den Markthallen zu arbeiten, er streifte dann endlich – ohne, daß Pardell ihn dazu hätte auffordern müssen – und wie nebenbei, aber immer detailgenau all die kleinen Erlebnisse mit mitleidigen oder gar nicht so mitleidigen Frauen, das sich anbahnende Seufzen zwischen Salatblättern, Raddiccio, Blaukraut, die Frühstücke, bei denen sich in die Erschöpfung durch die Schlepperei das Vergnügen zärtlicher Begegnungen mischte, schließlich seine Ankunft in Bologna, die Unterkunft bei einem emeritierten Professor, der, leicht verwirrt, seinen Großvater zu kennen glaubte, ihn aber, was selbst Polikov nicht wußte, mit einem finnischen Romanisten verwechselt hatte, mit dem er in den zwanziger Jahren in Oxford zusammen in der zweiten Rudermannschaft des St. John's College gewesen war. Polikov sah damals blendend aus (erzählte Polikov), dichtes schwarzes Haar, kühner Blick, und habe seine Schönheit durchaus zu verwenden gewußt – allerdings habe er die äußerliche Attraktivität, wie es bei jungen Menschen häufig vorkomme, maßlos überschätzt.

»Du kannst aussehen wie Johnny Weismuller und keinen Stich landen, wenn schlecht läuft. Du kannst nicht gewinnen, wenn du nicht schon gewonnen hast. Wichtigstes bei Frauen ist eigene Willen vergessen …«, sagte Polikov und nachdem er eine nachdenkliche Flasche *Edelstoff* geöffnet hatte, fuhr er fort, daß er lange gebraucht habe, die eigentliche Logik des Geschlechtlichen zu durchschauen, daß sie auf Paradoxen beruhe, daß man sie nicht theoretisch erlernen, sondern nur selbst erspüren, wohl aber theoretisch formulieren könne.

Die Polikovsche Theorie der absoluten Verführung baute sich ungefähr so auf: Polikov gab zunächst zu bedenken, daß jede Frau, egal welcher Herkunft, welchen Standes und welcher Lebenssituation Zeiten habe, manchmal nur Augenblicke, in denen sie sich bedingungslos jedem beliebigen hingäbe, weil sie einfach *reif* sei.

»Ist wie kurze Frühling in hohe Karpaten. Wenn soweit, alle Pflanze *müssen* blühen, wirst du verrückt, nichts zu machen!« erklärte er und fuhr fort, daß er früher, ebenso wie »alle andere Trottel« darauf aus gewesen sei, *bestimmte* Frauen vögeln zu wollen, die er sich irgendwie, und wäre es auch nur kurzfristig, ausgesucht habe. Was für eine Verkennung! Er hätte gelernt, daß wirklich lustvolles Vögeln, das eigentliche, das wirkliche, das *tiefe*, das wahre Vögeln mit Frauen stattfinde, die *reif* seien. Abgesehen davon hätte man bei Praktizierung seiner Theorie eine Erfolgsquote von annähernd hundert Prozent – welchem Fakt eine gewisse von selbst einleuchtende Evidenz innewohne.

»Manche sind *reif* nach ihre Bluttage, manche vorher, manche zwischendurch. Man muß *sehen*, *hören*!« erklärte er, ging sogar soweit, eine Geruchsempfindlichkeit, sogar eine sechste Sensorik zu postulieren. Dieser spezielle *Reifezustand* träte bei jeder Frau auf, dann sei sie scharf »*aus Natur heraus*«. Die Kunst bestünde halt nur darin, diesen manchmal nur für

Minuten bestehenden Zustand zu *erkennen*, zu erkennen und zu *erfühlen*. In jeder größeren Gruppe von Frauen sei mindestens *eine*, die reif wäre. Er, Polikov, jedenfalls hätte sich darauf verlegt, nicht davon zu träumen, die Frauen zu vögeln, die er, aus welchen Gründen immer, vögeln wollte, sondern sich die, die unbedingt gevögelt werden *müssen*, tatsächlich und »nicht nur in Gerede«, so der Bulgare, vorzunehmen.

»Manchmal ist Sache von eine Augenblick und richtige Methode, ist wie Forschung von Naturgegenstände …« Polikov seufzte und holte sich und Pardell zwei Flaschen kühlen *Edelstoffs*. Er aber habe festgestellt, daß man das noch so oft erklären könne, den intelligentesten Leuten mitunter, daß man aber immer dort, wo man damit etwas Neues sage, schon vergessen könne, die Zuhörer könnten es begreifen. Sie würden nur nicken und nichts verstehen.

»Immer glauben an Phantasma. Muschi is' doch Muschi. Wichtig für Spaß ist *Reife von Muschi*. Aber alle nur glauben an Phantasma, haben kein Blick für *Reife*. 'Chab verstanden dies in Studentenzeit, in Bologna. 'Chatte guten Freund in Bologna, war Italiener, von Land. Luca hieß er und war guter Kerl, aber häßlichster Mensch. War *so* häßlich, bist du verrückt! Aber mochte ich. Wir saßen, das war irgendwann kurz vor Prager Tragödie, gegen Weihnachten 67, mit andere zusammen in einer Trattoria. Ich wußte, daß Luca, so hieß er, neidisch war auf meine Stiche bei Frauen, und er redete so, vor andere, und ich mich lasse darauf ein – trinken neuen Wein, damals war fast geschenkt. Wir stritten und irgendwann, schon angesoffen, sagte ich, daß ich jede Frau, wenn sein müßte …« – anstatt auszusprechen, ließ er seine beiden Handflächen unerwartet flink im rechten Winkel aufeinanderklatschen. Seine Nasenflügel bebten aufmerksam, sein Grinsen hatte eine präzise Schärfe bekommen.

»Sag, wer soll sein soll – aber bitte nicht über Achtzig! Und ich …« Polikov wiederholte das Klatschen, »habe ich zu ihm gesagt. Luca, meine Freund, überlegte Augenblick, dann sagte er, ich sollte sehen, daß ich Signorina Naour auf Matratze bringe.«

Polikov nahm einen präzisen Schluck *Edelstoff* und, die Flasche in der Hand, spreizte er den Zeigefinger ab und hielt ihn Pardell zusammen mit dem *Edelstoff* beschwörend entgegen.

»Naour war Institutssekretärin von Altgriechischem Lehrstuhl – noch nicht lang, sie war aus Frankreich, nicht viel älter als wir. War unglaubliche Frau, schwarzhaarig, so irgendwie bedeutende Figur, klassische Profil, Mund wie Bardot. Alle drückten sich dauernd in der Altphilologie rum, na, du kannst vorstellen, eben junge Leute. Keine Chance, nur Lächeln zu bekommen, nichts, war frigid.«

»Und du?« fragte Pardell.

»Bist du verrückt, was sollte ich machen? Ich hatte phantastische Ruf und Stolz. 'Chab eingeschlagen – alle am Tisch, es waren vier, gingen mit meine Freund Luca zusammen: würden mir 500 Lire zahlen, dieses war viel Geld damals, mehr als zwei Monate Lebensgehalt für mich, wenn ich die Signorina …«, wieder kam das Handflächenklatschen, ›ficke!‹, dachte der faszinierte Pardell, fragte aber statt dessen, wie der Beweis aussehen sollte.

»Höschen! Auf Ehre!« sagte Polikov sachlich. Pardell begriff und nickte, Polikov grinste und verschwand, nicht ohne das klassische Zeichen mit der rechten Hand lässig am Gürtelknauf auszuführen, um Pardell anzudeuten, wohin er ginge. Pardell sah ihm zu, wie er seinen *Edelstoffranzen* geschickt durch die enge Toilettentür schob, und dachte über die vom Neuen Wein berauschte Runde nach, sah Polikov als jungen Mann Pläne zur Verführung der spröden Naour schmieden, sah eine Reihe von betrügerisch erworbenen Höschen jeder Farbe an surrealen Wäscheleinen in feuchttropfende Bologneser Gäßchen herunterhängen, immer etwas zu hoch, als daß man sie erwischen konnte, immer um eine Fingerlänge zu weit oben, und nach einer Weile – man denke dabei auch an die Wirkungen des *Edelstoffs*, das Sentiment der Nacht, der Reise und ihrer Atemzüge voll der horizontalen Sturzbäche der Schienen – schien es Pardell, als habe sich seine Welt auf wundersame Weise in einen Beziehungsreichtum des Erotischen aufgelöst, der die Anzüglichkeiten der Gespräche im *Gran' Tour* und im *Triumfo* längst erhaben hinter sich gelassen hatte. Er spürte die schwelgende Fülle des Geschlechtlichen, das Polikov umgab und die lehrende Intelligenz seiner Anschauungen, die Ernsthaftigkeit, mit der er Vermutungen über den Eros, die Frau, die Beziehungen zwischen ihr und dem Mann anstellte, wobei sich letzterer vornehmlich der Vertretung durch Polikov rühmen konnte. Die ungeahnte Präzision der Beschreibungen, die der Bulgare zu entfalten verstand, hatte ihn gepackt wie ein wohltuend-schmeichelndes Rauschmittel, die Farbgenauigkeit gewisser faszinierender Details, die dramaturgische Spannung seiner Anekdoten und Beispiele übten auf Pardell einen Reiz wie die Eleganz gewisser Nervengifte aus, die er durchaus aufmerksam einsaugte, so daß ihm bald alles Gewöhnliche versunken war, und ihm langsam der heimliche Grundsinn aller menschlichen Bemühungen aller Zeiten dämmerte – die Erkundung des Geschlechtlichen.

Ein mittelalter, sehr gepflegter Reisender in rotseidenem Reiseschlafrock betrat den Speisewagen und bat Pardell um eine Flasche Bier – er war Pardell beim Einsteigen am Ostbahnhof als besonders liebenswürdig aufgefallen, und er reichte ihm die Flasche *NordPils* mit ebensolchem Vergnügen, wie er das großzügige Trinkgeld entgegennahm, das jener ihm zugedacht hatte. Dem Gespräch, das sich mit Sicherheit zwischen jungem Schaffner und mittelaltem Reisenden jetzt entwickelt hätte, stand die Rückkehr des bulgarischen Erotomanen entgegen, der sich auf der Zugtoilette offensichtlich die Halbglatze mit Wasser abgespült hatte und die Feuchtigkeit jetzt mit zärtlichen Fingern in seinen Haarkranz streifte. Pardell wünschte eine gute Nacht, setzte sich wieder zu Polikov, der die Erzählung fortzusetzen versuchte, allerdings immer häufiger unterbrochen wurde. Es tauchten nun immer öfter nächtige Besucher auf – zu diesem Zeitpunkt hatten die meisten das kostenlos aufgestellte Begrüßungsmineralwasser in ihren Abteilen getrunken, und angesichts des zuvor genossenen *Köstlichen Szegediner Gulaschs*, der Unmöglichkeit Schlaf zu finden, angesichts der undeutlichen Phantasmen der Reise, die die Reisenden auf langen Strecken so oft überfallen, quälte sie ein dringender, unbekannter Durst, der sie immer mehr aufweckte. Es war dies unmerklich zu einer Art tröpfelnden Verkehrs zwischen den Schlaf- und Liegewagen und dem Pardellschen Speisewagen geworden. Halbwegs angezogene, verschlafen schwankende Reisende traten vor Pardell, der sich vom Tisch erhob und ihnen aus den Kühlschränken das Gewünschte holte; Verbitterte, die seit Stunden schlaflos lagen und die Pardell deswegen schweigend und mit verdüstertem Vorwurf das Geld für ihr Wasser oder ihren Rotwein hinhielten, weil er mit den quälenden Geistern der Schlaflosigkeit auf gemeine Weise verbündet schien. Als die erste Frau den Speisewagen betrat und Pardell, ihre beiden Hände nachdenklich um den Geldbeutel gelegt, im dämmrigen schmalen Flur entgegenkam, spürte er auf der Stelle, wie sich seine Aufmerksamkeit auf dieses faszinierende Ereignis richtete und Polikov, der mit dem Rücken zu dieser Seite des Flurs stand, seine Reaktion wiederum mit einem leichten Zwinkern registrierte.

Pardell stand auf und sah ihr mit nervöser Freundlichkeit entgegen. Sie war Ende Dreißig, strahlte die faszinierende Langeweile von Heimvideopornographie aus, trug, wie man leider unter den Rändern des viel zu großen MickeyMaus-Schlaf-T-Shirts sehen konnte, einen dunkelbeigen Slip von der Eleganz der Bikiniunterteile, wie große Versandhäuser sie in den siebziger Jahren zu vertreiben pflegten. Pardell wußte, daß sie im ersten Liegewagen zusammen mit einem bärtigen und robust wirkenden Freund lag, der eine offensichtlich faszinierende Computerzeitschrift las, während sie zum Fenster hinaussah – was Pardell feststellen konnte, als er am frühen Nachmittag die Wolldecken ausgeteilt hatte. Sie wollte ein Bier und einen Kaffee, Pardell ging hinter die leicht schmierig-schimmernde Theke, mußte entdecken, daß er vergessen hatte, die Kaffeemaschine anzustellen, was er sofort nachholte – er kam mit dem Bier zurück, und teilte der Frau mit, es tue ihm leid, auf Kaffee, sofern sie dennoch einen wolle, müsse sie noch warten. Ja, sie wolle auch dann noch, käme wieder, sie könne sowieso nicht schlafen, was solls, und wirkte so gelangweilt und zugleich langweilig, daß Pardell ihr fast empfohlen hätte, doch kurz die halbe Stunde stehen zu bleiben, bis die Maschine heiß sei.

»Bis die Maschine heiß ist, dauert's eine halbe Stunde.« – »Halbe Stunde, geht klar«, sagte die Versandhausslipfrau und ging mit dem Bier zurück in den Pardellschen Liegewagen, während sich die Zeit schon der ersten vollen Morgenstunde, der Zug aber erst Nevers genähert hatte, wo gerade ein kleineres Sommernachtgewitter stattgefunden und eine Eiche von einigen Ausmaßen in der Nähe der unbeleuchteten Güterstrecke umgestürzt hatte – zum Glück aller Beteiligten von den Gleisen weg, so daß niemand von diesem Glück Notiz nehmen konnte, wie es großes Glück so oft an sich haben muß.

Polikov hatte die Frau, »immerhin eine *Frau*«, dachte Pardell, kaum beachtet, er hatte zärtlich auf den *Edelstoff* geblickt. Kommentarlos fuhr er mit seiner Erzählung fort.

»'Chab alles versucht, klassische Repertoire. Immer hingehen, Fragen, die mich dumm und sie klug machen, gestellt, 'chab gelächelt und Blumen gebracht und alles, 'chab gelogen, daß 'ch wäre Prinz aus Karpaten, mit Bärenfell in Schloß, und gewesen in Oxford vorher. 'Chab mich ruiniert mit Charme für immer in diese drei Wochen!« schilderte Polikov und erregte sich dabei so, daß er nach wenigen Augenblicken neuen *Edelstoff* holen mußte. Er erzählte von den Annäherungen am Vormittag, die am Nachmittag schon wieder in eisige Gespanntheit zerfallen waren, erzählte von seinem Verdacht, sie spiele mit ihm, ja viel mehr noch, als genieße sie es förmlich, mit ihm zu spielen, weil sie *wußte*, daß er nicht ablassen würde, sie zu umschmeicheln und zu umwerben. Er habe sich benommen, »wie Titania mit Zettel, nur umgekehrt.«

»Was sollte 'ch machen? Es war so schlimm, daß Gefahr war, mich wirklich in Fooohhze zu verlieben. Aber brauchte diese Geld!« Polikov schließlich als Putzfrau, als Koch, als Einkäufer, Lastenträger in Diensten der launischen Altphilologiesekretärin, Polikov als Maler, Elektriker, Kammerdiener. Besessen davon, die aus diesen Tätigkeiten mit herbeigeführte Verführung der Naour zu vollenden und den triumphierenden Gewinn der 500 Lire, die längst symbolischen Gehalt hinzugewonnen hatten, einzustreichen. Schließlich, eines Abends, habe sie ihn aufgefordert, wenn er die beiden Regale im Wohnzimmer angebracht haben würde, doch noch auf einen Rotwein mit in die Küche zu kommen. Dort, nach einer Weile äußerster charmanter Zärtlichkeiten von seiner Seite, sei es schließlich geschehen.

»In Küche – wie Schwein war sie. 'Chab viel gesehn, mein Freund, aber, bist du verrückt, solche Schweinerei wie mit diese 'chab ich nie mehr erlebt und erlebt 'chab ich viel.«

»Und ... wie war ... es?« fragte der begeisterte Pardell.

»Große, große Nummer! Höschen war ganz zerfetzt, das ich in Tasche danach mit nach Hause nehmen konnte und nicht nur zerfetzt ...«, sagte Polikov langsam und sachlich und sah auf seine Uhr, russisches Modell, eine täuschend-echte, bulgarische Fälschung der legendären Spastik02, die Uhr der Kosmonauten, und entdeckte den Minutenzeiger fast in einem rechten Winkel zum Stundenzeiger, 1:15. Es wirkte, als ob er auf etwas warte, bemerkte Pardell, so als ob diese Erzählung für Polikov wie eine geheime Zauberformel sei, die die Epiphanie einer Frau, bei der man, wie der Bulgare zuvor und etwas rätselhaft gemeint hatte, ›schon gewonnen habe‹, auf der Stelle erzwingen müsse, ein spezieller Polikovscher Beschwörungsritus, für einen magischen Augenblick sah Pardell ihn im Bündnis mit anderen, archaischeren Mächten, woraus sich sein legendärer erotischer Erfolg trotz inzwischen in *Edelstoff* aufgegangener Attraktivität erklären ließe, Polikov ein Verdammter, der mit einem in Sekretärinnengestalt aufgetretenen erotischen Dämon einen Pakt geschlossen hatte, mit einem magischen Höschen als Urkunde …

»Könnte ich vielleicht ein Glas Wein bekommen?« Diesmal stand die Fragerin, mit deutlichem vornehm-hanseatischem Akzent, halb hinter Pardell und hatte die Frage deswegen auch an Polikov gerichtet, der Pardell zu erkennen gab, er solle sitzen bleiben. Polikov stand sofort auf, zog sich schwungvoll die Hose nach oben, während seine beiden Daumen am Gürtel entlangfuhren, um das Polyesterhemd zu ordnen, ging zur Theke, die Frau folgte ihm, er fragte sie nach ihrer Abteilnummer, das Glas würde ihr gleich gebracht. Sie hatte eine wunderschöne tiefe Stimme. Sie duftete. Sie trug feinste, durchscheinend-dunkle Wäsche, hatte Hände, die auf spezielle, geschickte Sensibilität deuteten. Sie war eine wunderschöne Frau. Sie hatte spezielle, schwarzseidige Klasse, dachte Pardell irgendwie bildlicher. Da war sie, die ersehnte *Klassefrau* …

Als die Klassefrau den Speisewagen verlassen hatte, stand Pardell in äußerster, inzwischen durchaus schon angetrunkener Erregung auf und fragte den, eine Flasche köstlichen Blauburgunders aus dem oberen Schubfach herausnehmenden Polikov nach den weiteren Umständen. Er meinte natürlich die Schwarzseidige, diese wundervolle vornehme Dame, die Polikov raffiniert auf absolut faszinierende Abteilbedienung eingestellt hatte, die *Klassefrau*. Polikov bemerkte das aber offensichtlich nicht, sondern erzählte weiter, während er über etwas anderes nachzugrübeln schien, ›was denkt er bloß?‹ dachte Pardell, ›was denkt er, was hat er vor‹. Wie er mit dem Höschen am nächsten Tag in die Trattoria aufgebrochen, wie er aus Vorfreude zu früh losgegangen sei, und noch einmal, zum Spaß, am Sekretärinnenhaus vorbeigegangen sei, und doch tatsächlich Licht gebrannt habe, wie er stehenblieb. Und eine Szene im Küchenfenster beobachtet habe. Er habe es überhaupt nicht glauben können, nein, es sei wahnsinnig gewesen.

»Bist du verrückt, ich steh da. Und was sehe ich in Küche von Alte: da stehen mein Freund Luca und – Signorina Naour!« Er überlegte einen Augenblick, sah wie nebenbei auf die Uhr, unterbrach seine Erzählung – aber wart, mein Lieber ...«, sagte Polikov, jetzt plötzlich übermäßig grinsend, rückte sich die Hornbrille zurecht und reichte Leo Pardell das braune Kunststoffoval des Tabletts, »Dame mit Wein liegt bei mir in Wagen. Sie hat Nummer 41, schön in Mitte, reist Single. Bring du ihr diese Wein, ich mich kümmere um Speisewagen ...«

Pardell konnte es nicht glauben – komplexe Empfindungen stellten sich ein und mischten sich auf faszinierende Weise. Die Dankbarkeit des Adepten gegenüber seinem Meister, der selbstlos eine *perfekte Gelegenheit* arrangiert hatte, verband sich mit der züngelnden Furche, die die plötzliche Erregung von seinem Steißbein aufwärts in seinen Rücken grub; er mußte gleichfalls grinsen, aber auf eine verzerrte Art, denn ihm war der Ernst der Situation durchaus bewußt – die Vorstellung, daß zwischen ihm und einer offensichtlich willigen, einer *reifen* Frau nur noch zwei Wagen und ein kleines braunes Tablett liegen sollten, war übermäßig beseeligend. Als er das kleine, rot eingepackte Präservativ entdeckte, das ihm der immer mehr grinsende Polikov zwischen Glas und Weinflasche gelegt hatte, diesen geläufigen Gegenstand einer ihm phantastisch-ersehnten, aber doch bedauerlichweise raren Tätigkeit, kam er in Sekundenschnelle darauf, daß er scheinbar nicht mehr wußte, wie *es* dann anschließend überhaupt gehen sollte.

»Jetzt mach los, schnell, mein Freund. Bist du verrückt, nicht, daß sie uns sauer wird, wegen Warterei. Abteil 41!« sagte Polikov mit plötzlichem Ernst und der Dringlichkeit des Kenners, der weiß, daß der *Kairos* gekommen ist – jetzt, der richtige Augenblick, jetzt …

Exakt um 1 Uhr 30 balancierte Pardell das Tablett, durchschritt blaß und mit erstaunlich feuchten Händen den Flur des Speisewagens, hätte sich an der Schiebetür zum ersten Liegewagen vor zitternder Aufregung fast wehgetan. Die Kälte und der Lärm des Plafonds ernüchterten ihn, die Mechanik der zufallenden Tür tat ihm wohl, er ging ein paar Schritte in die Dunkelheit des Liegewagens und atmete den fernen Duft der Schlafenden hinter den Türen. Alles still, kein Laut außer den anfeuernden Morsezeichen der Schienen.

Er versuchte, sich zu erinnern, wie die *Klassefrau* aussah – aber vergeblich zunächst, er fand in seiner Erinnerung nur ein weiß-seidenes Nachthemd über braunem Schenkel, darüber eine teuer aussehende Strickjacke, eine gewisse, zumal für einen jungen Mann interessante, verbrauchte Faltigkeit der Haut über den Knien, gewisse Grübchen. Sie roch sehr gut, schon für die Nacht balsamiert, dunkelblondes Haar, im Nacken kurz. Er durchquerte währenddessen schon den zweiten Liegewagen, kam der Schiebetür zum Schlafwagen näher und verspürte das Bedürfnis, das eigene Gesicht im Spiegel zu sehen. ›Wie sehe ich aus?‹, fragte er sich und meinte das so ungeheuer wörtlich – wen würde die Reisende auf 41 zu ihrer glückseligen Verblüffung in der Tür auftauchen sehen?

Er stellte das Tablett auf den schmierigen Plastikboden des Liegewagens, wenn jemand käme, würde alles zu Bruch gehen, unsichtbar in der Dunkelheit auf dem Flurboden, also schnell, öffnete die für einen alten Liegewagen typische Toilette, deren Schäbigkeit und Verwahrlosung ihn für gewöhnlich deprimierten, jetzt aber genoß er das Schäbige wegen des Vorzüglichen, das ihn erwartete. Im Spiegel sah er aus wie immer, nur bleicher, dünner, haltloser, atemloser – also wusch er sich die Hände und forschte dabei weiter, entdeckte einen großen Mitesser, den er mit cremigen Händen und unberührt vom Schmerz entfernte, überspülte dann die Hände, schlug sich beim Versuch, sein Gesicht unter den seicht-laugigen Wasserstrahl zu halten am Seifenspender die Stirn, trocknete sich mit einem Papierhandtuch, schritt auf den Flur, wäre fast in das Tablett getreten, zögerte, gab sich einen Ruck, sagte sich, wie immer, auf jeden Fall. Verführung hin oder her. Müsse der Wein doch. Balancierte das Tablett, um mit der linken Hand das Vorhandensein des Polikovpräservativs in der linken Hosentasche zu überprüfen. Er stand schließlich vor Nummer 41, achtete auf das Summen der Klimaanlage, sah die Kontrolleuchten vorne am verwaistem Schaffnersitz, die Leselampe brannte ebenfalls; er lauschte. Nichts. Nicht das geringste. Ob sie schon schlief? Eingeschlafen war? Sie wecken? Aufwecken? Schläfst du schon Liebste?

Er klopfte sanft, das Tablett auf der linken Handfläche balancierend, mit den Knöcheln der rechten. Nichts. Klopfte noch einmal. Wieder nichts. Vielleicht war sie zwischendurch auf eine der Toiletten gegangen. Er entschied, sehr leise in Richtung Schaffnersitz zu gehen, und nachzusehen, ob sich dort etwas feststellen ließe. Die Toilette ihm gegenüber war gleichfalls leer, nur ein hilfloses, zerknülltes und ohnedies nicht vollständiges Exemplar einer fremdsprachigen Tageszeitung lag im Abfalleimer. Pardell ging zurück zu Nummer 41, entschlossen, diesmal stärker zu klopfen. Er nahm den Vierkant und schlug ihn gegen das Holz, zunächst noch zurückhaltend, schließlich schloß er seine Bemühungen mit einer herrischen Triole von Ungeduldsschlägen.

»Hallo, der Wein?«, rief er, etwas leiser und unmerklich zweifelnd. Zwei Abteile weiter, bei Nummer 51, wurde die Verriegelung gelöst, öffnete sich die Tür und statt des erwarteten Unbekannten stand die fragliche hanseatische Dame in einem Spalt fahlen Leselichts.

»Ich warte seit fast dreißig Minuten, es ist«, ein empörter Blick auf eine edle Armbanduhr, »zwanzig vor Zwei!. Schneller konnten Sie wohl nicht machen?« – »Oh, verzeihen Sie, ich dachte, Sie wären …«, antwortete der augenblicklich hinzugesprungene Pardell, dirigierte seine Verblüffung um, spürte dringlich, daß er *jetzt* charmant sein müßte. Charme. Jetzt. Er suchte im ärgerlichen Gesicht der tatsächlich attraktiven Dame nach Anhalten zu charmanten Bemerkungen, fand nichts, ließ sich nur etwas zu lange auf den köstlichen warmen Duft ein, der aus dem Abteil auf den Flur drang und ihn umhüllte, sah schließlich wundervoll schlanke Hände, grazile Finger, deren makellos-elfenbeinfarbene Nägel sich wundervoll von der Farbe der Haut abhoben, sah diese köstlichen Finger das Tablett nehmen, und sich selbst schließlich vor verschlossener Abteiltür mit einem Zehnmark-Schein in der Hand stehen. »Stimmt so!« sagte die süße dunkle Stimme aus dem warmen Inneren von 51.

Sieben Minuten später – man hatte die Gegend von Bourges weitläufig passiert und raste auf Tours zu – betätigte der keuchende Pardell den Klohebel der Toilette und warf das vollständig mit seinem erschöpften Samen gefüllte Polikovpräservativ in die höhnischen Katarakte der Schienen, wusch sich die Hände, suchte verdrossen und mit schlechtem Gewissen nach etwelchen, trotz Schutzes irgendwo hinterlassenen Spritzern und ging zögerlich in den Speisewagen zurück. Die letzte Schiebetür war abgesperrt, Pardell konnte sich nicht daran erinnern, sie vorhin abgeschlossen zu haben, was daran lag, daß nicht er sie abgeschlossen hatte, hob den Vierkant an und öffnete sie.

Polikov war nicht da, was Pardell Gelegenheit gab, über die faszinierende Lüge nachzudenken, die er dem Bulgaren erzählen würde. (»Oh, und sie hatte da so eine kleine Narbe … noch nie gesehen sowas, an so einer ungewöhnlichen Stelle …«). Auf ihrem Tisch standen die paar leeren Flaschen *Edelstoff*, eine halbleere Kaffeetasse – unter dem

Tisch lagen zwei weitere Flaschen, ein Kaffeelöffel und irgendein kleines rotes Plastikfitzelchen, an das Pardell nicht herankam und das er also liegenließ. Die Speisewagentoilettentür ging auf und Polikov kam, sich die Hose nach oben ziehend, die Brille zurechtrückend heraus, schob seinen Ranzen gutgelaunt dem zerknirschten Pardell entgegen, holte zwei Flaschen *Edelstoff* aus dem Personalkühlschrank, öffnete sie blitzartig, wie in einer einzigen Bewegung und setzte sich lächelnd zu Pardell an den Tisch, der in der Zwischenzeit die vollkommen zerknitterte Tischdecke zu glätten versucht hatte.

Sie nahmen einen tiefen Schluck hellwachen *Edelstoffs* zu sich, Pardell ließ sich, so war er überzeugt, nichts anmerken, Polikov zwinkerte ihm zu, schrie: »Bist du verrückt!«, grinste überschwenglich und Pardell sah die Chance, das Nummer51Desaster zu übergehen (»wozu über die selbstverständlichste Sache der Welt reden, natürlich habe ich sie gefickt, Mann, die Alte ging ab wie ein läufiges Wiesel«, wäre so ein imaginärer Kommentar dazu gewesen, dessen Schlußmetapher Pardell einmal im *Gran'Tour* von einem Schweizer gehört hatte) und stellte Polikov also *cool* die Frage, ob die Sekretärin und sein Freund es getrieben hätten, am Küchenfenster in Bologna?

»Nein, stell dir vor, da stehen Sekretärin Naour und Luca, häßliche Luca, und sie gibt ihm Geld, zwei große Scheine, 1000 Lire …«

Als die beiden sich trennten, war es kurz vor vier Uhr und Tours noch nicht ganz, aber fast, erreicht – es dämmerte bereits, Polikov nahm Pardell halb in den Arm, halb stieß er ihn freundschaftlich, wünschte ihm eine gute Nacht, er solle sich nur schlafen legen, er würde ihn wecken, in ein paar Stunden, in Angers, wenn die Croissants geliefert würden.

Klaustrophobie

Alex Capus
Ein Finne auf Hawaii

Johnny Türler lag im Bug des Rettungsboots, das mit einer rostigen Kette am Steg festgebunden war. Die Schwimmbecken im Strandbad waren leer, irgendwo tröpfelte eine Dusche, und überall lag dürres Laub. Johnny hatte die Hände hinter dem Kopf verschränkt. In der Beuge seines linken Arms lag der Kopf eines Mädchens. Das Mädchen war sehr jung, siebzehn oder achtzehn Jahre alt. Sie hieß Laura, vermutlich nach jener rumänischen Kunstturnerin, in die Johnny als Siebzehnjähriger verliebt gewesen war. Johnny kam sich ein bißchen alt und albern vor. Das Boot duftete nach Benzin und pendelte sachte in der Strömung des Flusses. Im Wasser spiegelten sich rot, gelb und blau die letzten Lichter der Herbstmesse. Hoch über den schwarzen Dächern der Altstadt kletterten die Schausteller auf dem Riesenrad umher und lösten armdicke Bolzen aus den Halterungen; das Klang-Klang ihrer Hämmer drang bis hinunter zum Strandbad.

»Da kann man sich schon seltsam fühlen, wenn man so zu den Sternen hochschaut, nicht wahr?«

»Ja«, sagte Johnny und wandte den Blick zum Himmel. »Die sind so klein, und wir sind so groß.«

Laura lachte und schüttelte den Kopf, daß ihre blonden Locken seinen Arm kitzelten. Sie stieß ihn mit spitzem Ellbogen in die Seite. Er sagte pflichtschuldig »aua« und schaute mit hochgezogenen Augenbrauen zur Altstadt hinüber, wie wenn er sich bei den schlafenden Bürgern entschuldigen wollte. Er benahm sich ja wirklich zu albern: Morgens um halb vier über Zäune klettern und in fremde Boote steigen wie ein hormongesteuerter Jüngling, die Sterne anschauen und dummes Zeug schwatzen mit einem Backfisch, der halb so alt war wie er selbst … Schließlich war er kein kleiner Junge mehr, sondern viele Jahre als Matrose zur See gefahren; bald würde er in Gottes Namen die väterliche Konditorei übernehmen, um im Dienst des hiesigen Spießertums ChampagnerTruffes zu produzieren bis ans Ende seiner Tage. Aber dann rückte Laura näher zu ihm hin, vielleicht weil sie fröstelte. Sie kuschelte sich in seine Achselhöhle, sie fühlte sich knochig und klein an, und sie war unbefangen wie ein müdes Kind. Johnny gestand sich ein, daß er sich sehr wohlfühlte an ihrer Seite.

»Und diese Tätowierung, woher ist die?« Laura deutete auf seinen Hals.

»Der Puma?«

»Der Pinguin.«

»Der ist aus Nantucket. Den habe ich machen lassen, nachdem unser Schiff zwei Monate lang im Packeis eingeschlossen war. Ich stand die ganze Zeit auf Deck und schaute hinunter aufs Eis, das Tag und Nacht krachte und ächzte. Wenn die Schollen an der Schiffswand rieben, entstand ein kreischendes Geräusch wie von Kreide auf einer Wandtafel.«

»Und der Puma?«

»Der ist aus Zürich. Da war ich nur jung und besoffen.«

»Was ist mit der Schildkröte?«

»Welche – die?«

»Nein, die.«

»Die ist aus Honolulu. Siehst du, wie traurig sie dreinschaut? Genau wie der finnische Schiffskoch, den wir damals hatten. Er hat den Anblick Hawaiis nicht ertragen. Hat sich in der Küche erschossen, als wir anderen auf Landurlaub waren.«

Laura hatte Johnny Türler am frühen Abend entdeckt,

mitten im Getümmel der Herbstmesse. Sie war in Begleitung von fünf Freundinnen gewesen, die sie alle zu Tode langweilten: Die eine sprach seit Menschengedenken von nichts anderem als von ihrem Chef; die zweite redete ausschließlich über Handball, die dritte über ihr Karnevalskostüm, die vierte von einem gewissen Mario, und die fünfte redete gar nicht. Laura hätte brüllen mögen. Und dann war zwischen Schießbuden und Zuckerwattenständen auch noch der Strom der Menschen ins Stocken geraten, und fremde Männer hatten ihr in den Nacken geatmet. Am liebsten hätte sie den nächsten Kanalisationsdeckel hochgehoben und wäre durchs Abwasser aus der Stadt geflohen. Aber dann hatte sie über das Meer von Köpfen hinweg diesen baumlangen Kerl entdeckt, der zwischen Glücksrad und Himalayabahn eine Bratwurst aß und aus der Menge herausragte wie ein Leuchtturm. »Schau mal, da«, hatte sie zu dem Mädchen gesagt, das immerzu über Mario redete. »Kennst du den?«

»Den Alten? Den Tätowierten? Klar.« Und drei Minuten später war Laura über alles unterrichtet gewesen, was man sich im Städtchen über Johnny Türler erzählte.

Als Johnny seinen Pappteller in den nächsten Mülleimer geworfen und sich in Bewegung gesetzt hatte, war Laura mit ihren fünf Freundinnen unauffällig in seine Richtung gezogen. Johnny war vom Riesenrad hinüber zum Bierzelt geschlendert, vom Flohmarkt des gemeinnützigen Frauenvereins zum Trailer mit den Süßigkeiten, und dann wieder zurück zum Bierzelt – und die ganze Zeit war ihm ein Schwarm von sechs Mädchen auf den Fersen gewesen. Johnny hatte davon natürlich nichts bemerkt, und von Lauras Freundinnen hatte jede einzelne geglaubt, sie sei die Anführerin des Schwarms. Aber eine Stunde nach dem Feuerwerk hatte Laura ihr Ziel erreicht: Als Johnny aufs Riesenrad stieg, hatten sich sechs junge Mädchen zu ihm in die Gondel gedrängt. Johnny hatte sie zu einer zweiten Fahrt eingeladen, und so hatte es sich ganz natürlich ergeben, daß sie alle zusammen zur Tanzbühne gingen. Laura hatte gleich den ersten Tanz mit Johnny getanzt, und da er ein ausgezeichneter Tänzer war, hatte sie ihn den ganzen Abend nicht mehr hergegeben, bis die Musiker ihre Instrumente einpackten. Lauras Freundinnen waren irgendwann aufgebrochen, und sie hatte ihnen zum Abschied zugewinkt.

»Ich will noch nicht nach Hause!« hatte Laura gesagt, als sie von der Tanzbühne hinunterstiegen. »Laß uns spazierengehen, Johnny – oder nein! Zeig mir deinen Lieblingsplatz!«

»Was?«

»Na, deinen Lieblingsplatz! Sowas hast du doch, nicht wahr?«

Johnny hatte einen Moment nachgedacht. Dann hatte er mit den Schultern gezuckt und Laura hinunter zum Strandbad geführt.

Seit bald zwei Stunden lagen sie jetzt im Rettungsboot. Nebel stieg aus dem Fluß, und es war kühl. Zeit, sich zu verabschieden und heimzugehen. Johnny fröstelte. Die Bohlen des Boots waren plötzlich hart und unbequem. Stechmücken sirrten ihm um die Ohren. Und dieses Mädchen an seiner Seite war ihm fremd – zu jung, zu blond, zu eckig, zu rund, mit einem seltsamen Duftwasser parfümiert. Er fühlte sich verwirrt wie ein Mensch, der in einem anderen Raum aufwacht, als er eingeschlafen ist.

»Du, Johnny?«

»Ja?«

»Sag mir noch einmal: Welches Tattoo hast du in Djakarta machen lassen – das hier?«

»Hm.«

Laura setzte sich auf. Mit der linken Hand deutete sie auf Johnnys Hals, die rechte Hand ließ sie über die Bootswand ins Wasser gleiten. »Und in London – das da?«

»Ja.«

»Und in La Paz – das?«

»Aber ja. Wir sollten jetzt gehen. Es wird bald hell.«

»Und in Venezuela?«

»Ich begleite dich heim, wenn du willst.«

Sie schüttelte ungeduldig den Kopf. »Venezuela, Johnny – welche Tätowierung?«

»Die da.« Er deutete mit der Rechten auf sein linkes Handgelenk. »Laß uns jetzt gehen, ja?«

»Zeig her.«

Johnny schnaubte, aber dann preßte er beide Handgelenke aufeinander und hielt sie Laura hin. Zu sehen war eine Schlange, die sich wie eine Fessel mehrfach um seine Unterarme wand. Laura legte die Fingerspitzen auf die Schlange, wie um sie festzuhalten. »Ist das – ein Symbol?«

»Nein, eine Schlange. Ich gehe jetzt.« Johnny stand auf. »Gehst du auch, oder bleibst du noch?«

Das Mädchen hielt ihn am Handgelenk fest. »Laß uns noch hierbleiben, Johnny. Diese Schlange – was bedeutet die?«

»Nichts. Höchstens, daß ich Schlangen mag. Oder zumindest, daß mir das Schlangentattoo gefällt; daß es mir früher einmal gefallen hat.« Er versuchte, ihr seinen Arm zu entziehen, aber sie hielt ihn fest.

»Johnny?«

»Ja?«

»Geh noch nicht.«

»Doch.«

»Nein.«

»Wieso nicht?«

»Ich will noch nicht nach Hause, und ich mag nicht allein sein.«

»Aber ich bin müde. Mir ist kalt. Ich will ins Bett. Und schrei nicht so in der Nacht rum, du weckst ja die Leute auf.«

»Ich kann noch viel lauter.« Laura neigte den Kopf zur Seite. »Wenn du jetzt gehst, schreie ich die ganze Nachbarschaft aus dem Schlaf.«

Johnny tätschelte ihre Schulter und stand auf. »Na, dann schrei mal.«

»Ich tu's wirklich, Johnny. Ich schreie, und dann kommt die Polizei, und du wirst verhaftet.« Laura entfuhr ein erschrockenes kleines Lachen. Sie preßte ihre Hand auf den Mund und sah mit großen Augen zu Johnny hoch. Aber dann sah sie, daß auch Johnny erschrocken war. Das machte ihr Mut. »Ich tu's wirklich«, sagte sie, und ihre Stimme war plötzlich schneidend wie Möwengeschrei. »Ich tu's, wenn du dich nicht sofort dort hinten hinsetzt.«

»Bitte. Nur zu. Schrei nur.« Er schüttelte ihre Hand ab.

»Du hast keine Chance, Johnny.« Sie lachte noch einmal. »Versuch nur, über den Zaun zu klettern, bevor die Polizei da ist. Dann zeige ich dich an. Heute abend haben uns tausend Leute miteinander tanzen gesehen.«

Johnny sah Laura an. Sie atmete flach und schnell. Er versuchte, an ihr vorbei zur Spitze des Boots zu gelangen, aber sie faßte ihn wieder am Handgelenk. Ihre Fingernägel bohrten sich in seine Haut. »Ich mein's wirklich ernst, Johnny. Ich schreie, und ich zerreiße meine Kleider. Da kannst du Gift drauf nehmen.« Mit der freien Hand griff sie sich an den Hemdkragen und zerrte daran.

»Bitte, laß das.« Johnny machte einen Schritt rückwärts. Ihre Finger lösten sich von seinem Handgelenk, und dann ließ sie auch ihren Hemdkragen los. Johnny setzte sich auf die Sitzbank in der Mitte des Boots.

»Also, was nun?« Das Mädchen ließ sich hintenüber in die sanfte Biegung des Bugs fallen und breitete die Arme aus. »Ach Johnny, mach doch nicht so ein Gesicht. Ich will nur nicht allein sein. Verstehst du das denn nicht?« Ihre Stimme war wieder sanft und schmeichelnd. »Jetzt machen wir es uns wieder bequem. Du dort und ich hier. Einverstanden? Wo ist eigentlich der Mond? Ach, dort drüben. Hast du gesehen, wie weit er schon gewandert ist? Hast du das gesehen, Johnny?«

Johnny nickte. Plötzlich schnellte sie hoch, stützte sich auf die Ellbogen und sah ihn forschend an. »Johnny?«

»Ja?«

»Hast du eigentlich auch Tattoos auf der Brust?«

»Ja.«

»Und am Rücken?«

»Klar.«

»Überall?«

»Überall.«

»Zeigst du sie mir?«

»Vielleicht, irgendwann.«

»Würdest du bitte dein Hemd ausziehen?«

»Nein.«

»Würdest du bitte dein Hemd ausziehen?«

»Laß das doch.«

»Ziehst du jetzt bitte dein gottverdammtes Hemd aus? Ich mein's wirklich ernst, weißt du?«

Johnny stand auf, breitete die Arme aus und ließ sie wieder sinken. Er warf einen Blick zur Altstadt hinüber, wie wenn er von dort Hilfe zu erwarten gehabt hätte. Die Schausteller hatten das Riesenrad schon zur Hälfte demontiert; es schwebte über der Stadt wie ein schwarzer, liegender Halbmond. Johnny wandte sich wieder dem Mädchen zu.

»Hör mal zu, Laura. Du kannst mich doch nicht zwingen, die ganze Nacht hierzubleiben. Schämst du dich nicht?«

»Was?« Das Mädchen sprang auf die Beine und trat dicht vor Johnny hin. Sie reichte ihm kaum bis zur Schulter. Ihre Lippen zitterten. Was hast du gesagt? Ich soll mich schämen? Vor einem starken Kerl wie dir?«

»Nein, natürlich nicht. Ich meine nur …«

»Dann mach!«

Und so knöpfte Johnny sein Hemd auf, schlüpfte aus dem linken Ärmel und dann aus dem rechten. Dann setzte er sich auf die Bank in der Mitte des Boots, streckte die Beine vor und schlug sie übereinander. Laura rückte näher heran, kniff die Augen zusammen und spitzte den Mund, um seine reich verzierte Brust zu betrachten.

»Oh, Mann«, sagte sie. »Der Adler da, woher ist der?«

»Austin, Texas.«

»Das Känguruh?«

»Woher wohl.«

»Dieses Spiralmuster?«

»Maori, Neuseeland.«

»Und das Segelschiff? Und der Löwe? Die Rose? Der Delphin?«

Und dann verlangte das Mädchen von Johnny, daß er auch seine Schuhe auszog, und dann auch die Strümpfe, die Hose, und zuletzt auch die Unterhose.

Eine Stunde später graute im Osten der neue Tag. Die Schausteller hatten das Riesenrad gänzlich demontiert und auf drei große Lastwagen verpackt; bald würden die Straßenfeger ihre Arbeit verrichten, und dann würde im ganzen Städtchen nichts mehr an die Herbstmesse erinnern. Johnny Türler kauerte nackt und zitternd im Heck des Rettungsboots. Laura lag im Bug und schlief, und mit Armen und Beinen versperrte sie den Weg ans Land. Johnny atmete leise durch den Mund; als er aufstand, hielt er sich vorsichtig in der Mitte, um das Boot nicht zum Schaukeln zu bringen. Er sammelte seine Schuhe und seine Kleider ein und rollte sie zu einem Bündel. Dann ging er zurück zum Heck und ließ sich neben dem Außenbordmotor ins Wasser gleiten. Das Wasser war kalt und schwarz. Sein Kleiderbündel hielt er mit einer Hand in die Höhe, damit es nicht naß wurde. Die Strömung trug ihn rasch weg vom Boot. Er legte sich auf den Rücken, und sein Hinterkopf sank, bis die Ohren unter Wasser waren. Dann hörte Johnny, wie auf dem Grund des Flusses die Kiesel kullerten.

Olaf Müller
Eternity

»Wovor?«

Keine Antwort.

Eben schien es noch, als hätte er undeutlich durch die Wand das Wort Angst vernommen. Sicher hatte er sich geirrt. Inselsonne ließ jede Rücksicht vermissen.

»Mir bleiben nur fünfzehn Minuten!«

Die Frau im Zimmer nebenan versuchte, ihm etwas mitzuteilen. Diesmal ließ die Stimme keinen Zweifel daran.

»Wofür?«

Klimaanlage, Ventilator, die Zeiger seiner Uhr peinigen ihn mit ihrem Lärm, aber die Stimme aus dem Zimmer hinter der Wand schweigt.

»Soll ich zu Ihnen kommen?« fragt er, obwohl er weiß, daß es nicht möglich ist, in eines der anderen Zimmer zu gelangen. Die Kongreßführung hatte die Anlage so errichtet, daß die verschiedenen Eingänge immer in entgegengesetzte Himmelsrichtungen wiesen, und eine Verbindung zwischen den Etagen war nicht vorgesehen. Es gab keine Balkone, keinen unverstellten Blick aufs nahe Meer.

Nur eine Übergangszeit lang sollte das so bleiben, hatte man ihm mitgeteilt.

»Ich sitze in Zimmer Nummer Sieben. Wie ist Ihre Zimmernummer?«

»Zwölf D« antwortete sie leichtfertig, »D wie Desillusionierung, wie Damenwahl, D wie Dessouskatastrophe, Delta-Zulassung.« Sie sprach plötzlich unerhört laut.

»Davon haben Sie noch nie gehört in ihrer Sieben. In der Sieben ist er für immer geblieben ...«

Von einer Delta-Zulassung hatte er immerhin gehört. Wer länger als ein Jahr dem Kongreß beiwohnt, gelangt in die Delta-Kategorie. Ihm ist noch keine der Zulassungen erteilt worden.

»In der Sieben können Sie sich ...«, brach sie, ein Lachen unterdrückend, ab. Soweit hätte es nicht kommen dürfen.

Den Naiven hatte keiner gewarnt. Sie überlegte, ob es an ihr wäre, ihn über die Umstände des erbarmungslosen Kongresses aufzuklären. Dafür blieben ihr nur zwölf Minuten. Die Zeit würde nicht ausreichen. Es hätte keinen Sinn.

So nah wie er war ihr seit mehr als einem Jahr kein Mann gekommen. Würde sie das Letzte riskieren, um ihn zu sehen? Sich in seinen Bauchnabel verbeißen. Ihn nicht wieder herausgeben.

Undenkbares mit ihm heraufbeschwören. Aufspielen.

»Das Telefon steht in Ihrer Reichweite«, sagte sie, »meinen Anschluß erreichen Sie unter der Zimmernummer. Haben Sie sie behalten? In einer Minute kann man alles vergessen.«

Griffbereit, ganz in der Nähe, stand der Apparat. Aber ein Beta-Zugelassener hatte ihn gewarnt. Er solle keine Gespräche über das Telefon führen. Es sei denn, das notwendige Telefonat wäre unverdächtigen Inhalts. Er wußte nicht genau, was der andere damit meinte. Daß es sich jetzt nicht um eine solche Sache handeln würde, war ihm klar.

»Nein, ich bleibe an der Wand. Ihre Zeit ist noch nicht um.«

»Durchlässig sind die Wände konstruiert, weil man uns belauschen wird. Ich habe nie von Zimmernachbarn gehört ...«

Ihre schnell gesprochenen, abschließenden Sätze konnte er kaum noch verstehen.

Wo befinden sich die Resonanzräume, durch die sich

ihre Unterhaltung fortpflanzt? Rein äußerlich sah man der Wand die sinistre Fahrlässigkeit, mit der sie errichtet wurde, nicht an. Sie begann am Boden und endete an der Decke. Nur ein schmales Fenster und die Tür unterbrachen das Weiß der Umwandung.

Ganz sauber waren die Tapeten nicht mehr. Könnte er bei genauem Hinsehen vergilbte Spuren verschollener Vormieter entdecken? Wären es die Abdrücke neugieriger Ohren, die auf eine Unterhaltung zu hoffen gewagt hatten?

»... nicht dagegen auflehnen ... dabei gedacht ... recht und billig. Eine Frau aus Sensationen ... Auf mich trifft das in vollem Umfang zu ... wo sonst, wenn nicht hier ...,... wird es kaum begreifen ... Dafür ist es dann zu spät.«

Der letzte Satz überwand vollständig die Barriere, gelangte unverstümmelt zu ihm. Zu kurzer Abschnitt, um ihn dem zuordnen zu können, was sie vorher zu leise in seine Richtung gesprochen haben mußte.

Ein leichtes wäre es, dieses lächerliche Hindernis zu überwinden und zu ihr zu gelangen. Mit dem furchtbaren Schlag gegen die Wand. Und das Loch solange erweitern, bis er sich hindurchzwängen kann.

»... alle Auflagen des Kongresses erfüllen. So sehe ich aus. ... kein Gramm zuviel ... Alles an der richtigen Stelle, wo es hingehört. Das sollten Sie sehen ... operationsarm, Brüste, Beine, Schultern ... warum hinter dem Berg ...

In ein paar Minuten brauchen Sie nur das Fernsehen einzuschalten ... festgestellt, daß es nur den einen Sender gibt.«

Die Lautstärke ihrer Stimme ließ es hin und wieder zu, daß ein vollständiger Satz das Hindernis passierte.

Nicht einmal vier Monate war es her, seit er sich entschlossen hatte, auf diese Insel zu fahren und am Kongreß zum Ewigen Leben teilzunehmen.

Gewiß, die Regeln, nach denen hier verfahren wird, sind kompliziert, und ein Ende ist nicht abzusehen.

Acht Stunden nimmt er jeden Tag an den Vorlesungen und Seminaren teil.

Den Rest des Tages darf er in verschiedenen Einrichtungen verbringen, die dem Thema des Kongresses untergeordnet sind, ins Kino gehen, das die auf der Insel produzierten Filme und Wochenschauen zeigt, freiwillige Gesprächsrunden besuchen. In der Kongreßbibliothek hätte er das Material studieren können, das auf keinen Fall aus dem Gebäude mit auf die Zimmer genommen werden durfte. Die Einhaltung der Vorschriften wurde peinlich genau überwacht. Er hat viel gelernt in den wenigen Wochen. Andere wie die Frau nebenan waren viel länger hier.

Der Mann hatte es sich angewöhnt, die Angebote weitestgehend zu ignorieren. Statt dessen saß er in seinem Zimmer und stellte sich vor, wie es sein würde.

Das Ewige Leben.

Bislang spielte sich sein Aufenthalt unter Männern ab. Später, sagte man ihm, später.

Jetzt konnte er sich ausmalen, wie es wäre, mit der Frau aus dem Nachbarzimmer. Wie sie sich beschrieb, hatte er nur bruchstückhaft aufgefangen.

Aber Verheißungen!

Wie würde sie aussehen, wenn sie lacht, wenn sie sich lieben würden? Brüste, Beine, Schultern hatte er verstanden.

Irgendwann gäbe es endlos viel Zeit, mehr als sie sich jemals vorstellen konnten. Nicht nur diese fünfzehn panischen Minuten.

Sein Bett war ihm bis dahin der vertrauteste Ort geworden, und auch den Tisch mochte er ausgesprochen gern: Schmale Beine aus hautfarbenem Holz verliefen sich in filigran geschnitzten Hundeköpfen. Ohne heiseres Gebell. Hundezärtlichkeiten. Die reservierten, verheißungsvollen Blicke aus der Sklavenhöhe.

Auf die ist Verlaß.

Nur zu seinem Telefon konnte er keine Beziehung herstellen, wie zum Fernseher. Ältere, plumpe Modelle.

Aber die Decke mit den feinen Mustern, in die er sich einschlug, in die er sich verkroch, die ihm seine Wärme zurückgab, bis es ihm den Atem verschlug vor so viel Nähe, war ihm das Zweitwichtigste.

»Hat man Sie zu den Paraden eingeladen?« vernahm er wieder ihre Stimme.

»Nein.«

»Die Spielmannszüge, die zu den Paraden aufspielen, sind auf der ganzen Insel zu hören. Herrliche Posaunen. Gewaltiges, dumpfes Trommelschlagen. Flötenvorspiele, Auszeichnungen, die mir nicht …, … obwohl ich schon …, … ohne Geld …«

Plötzlich sprach sie deutlicher, verstand er sie gut.

»Ich muß viel Geld abarbeiten. Bin zum Kongreßfernsehen abgeordnet, sah noch nie bei den Paraden zu. Kenne niemanden, der es bis dahin geschafft hätte. Nur die wunderbare Musik ist oft zu hören. Unsichtbare Musiker. Niemand weiß, wo die herkommen. Sie nehmen nicht an den Sitzungen teil.«

»Überall hängen Lautsprecher«, entgegnete er, »in welcher Sendung treten Sie auf?«

»Das wird harte Arbeit sein. In meinem Zimmer ist eine Kamera installiert. Ich soll mich entkleiden und weitere Anweisungen abwarten. Meine Schulden sind immens.

Sonst wär ich auf die Plantage geschickt worden, die den Kongreß versorgt. Die Plantage auf der Nachbarinsel. Sie ist die schärfste Bestrafung, wurde mir geflüstert.«

»Ich werde auf jeden Fall einschalten. Dann kann ich Sie sehen. Zwölf D ist Ihre Zimmernummer, aber ich werde Sie in der nächsten Zeit wahrscheinlich nicht besuchen können.«

»Ich bin sehr groß«, sagte sie, »blaulocken, alles, wo es hingehört. Das wird sich für Sie lohnen. Sie haben lange keine richtige Frau mehr zu Gesicht bekommen.«

»Warum reisen Sie nicht ab?« versuchte er es noch einmal. Ihm gefiel der routinierte Tonfall nicht, mit dem sie sich beschrieb.

Ihr Lachen dröhnte im fragilen Gebäude, als wollte sie es in Stücke legen.

Die Wände zersprangen nicht. Sie gehorchten höheren Gesetzen. Brachten sie nicht zueinander.

Nur noch wenige Minuten waren es, bis er den Fernseher einschalten wollte. Und ihr Lachen verklang schnell.

Dann durfte er sie betrachten.

Wie eine Ewigkeit.

»Wie lange wird Ihre Sendung dauern?«

»Von der Plantage ist noch niemand zurückgekehrt. Dort arbeiten nur ausgewählte Leute. Ich habe das Verfahren gerade so überstanden.«

Wenn die Wand nicht wäre, dachte er, könnte das Leben zu zweit in diesem Moment beginnen. Er würde dafür sorgen, daß sie niemals auf die Plantage käme. Nur noch für ihn.

Er entdeckte keinen Riß, den er erweitern könnte. Die Wand sah unverletzt aus wie zuvor. Auch ihr Lachen nicht.

Wenn sie vorhin wirklich gelacht hat. Nirgendwo könnten Stimmen eine solche Wand durchdringen, erkannte er plötzlich. Tastete erneut die Tapete ab. Klopfte. Er hätte sich nicht auf seine Hirngespinste einlassen sollen.

Fünfzehn Minuten waren vorüber. Was spielte das noch für eine Rolle. Das Zimmer nebenan war unbewohnt.

Er würde das überprüfen. Dazu war er fest entschlossen. Mit wenigen Schritten erreichte er den niedrigen Tisch, den er vorher kaum beachtet hatte. Dort stand der Fernseher. Er startete das Programm und gab vorschriftsmäßig seinen Code in die Fernbedienung ein. Der grauflimmernde Bildschirm ermöglichte ihm nach wenigen Sekunden den Blick in eines der anderen Zimmer.

Auf einem Bett, ähnlich dem seinen, lag eine nackte, etwa dreißigjährige Frau und übte sich in den überraschendsten Positionen. Präzis getaktet sollte jeder Zuschauer erreicht werden.

Farbenfrohe Abstrafung.

Sie trug das kupferrot gefärbte Haar streng gescheitelt, zeigte ihm auch ihren ausrasierten Nacken.

Kurze Beine vergingen fast übergangslos im außerordentlichen Bauch.

Entweder sie lag regungslos, oder sie bewegte sich wie aufgezogen.

Zeigte die Kamera wirklich das Zimmer Zwölf D, dann hatte die Frau ihn betrogen.

Aglaja Veteranyi
Das Ehezimmer

M ein Mann.
F eine Frau.
Ein überdimensionales Bett.

M Mama.
F Papa.
M Mama.
F Papa.
M Mama.
F Papa.
M Mama.
F Papa.
M Mama.
F Papa.
M Mama.
F Papa.
M Mama.
F Papa.

Usw.

Zu den Autoren

Marcus Braun
1971 in Bullay/Mosel geboren
»Ohlem«, Fragment. Mainz 1995
»Delhi«, Roman. Berlin 1999
»Nadiana«, Roman. Berlin 2000

Alex Capus wurde 1961 in der Normandie geboren. Sein Ur-großvater war ein bretonischer Gefängniswärter, dem ein Häftling mit einer Axt den Kopf spaltete; sein Großvater war Polizeichemiker am Quai des Orfèvres in Paris, der Vater ein lebenslang arbeitsloser Psychologe. Mütterlicherseits waren alle Vorfahren Appenzeller Lehrer und Bauern, seit Anbeginn der Zeit.
— »Munzinger Pascha«, Roman (Diogenes)
— »Eigermönchundjungfrau«, Geschichten (Diogenes)

John von Düffel, geboren 1966, promoviert, Autor, Kritiker und Übersetzer, arbeitet als Dramaturg am Schauspielhaus Bonn. Im Herbst 1998 ist bei DuMont sein erster Roman »Vom Wasser« erschienen, für den er unter anderem den Ernst Willner Preis erhielt, den Aspekte-Literatur-Preis und den Mara Cassens Preis des Hamburger Literaturhauses. Von Düffel ist ab Sommer 2000 Dramaturg am Thalia Theater Hamburg. Im Frühjahr 2000 ist sein Roman »Zeit des Verschwindens« (DuMont) erschienen.

Karen Duve ist 1961 geboren und lebt in Hamburg. Bevor sie Schriftstellerin wurde, arbeitete sie kurz als Finanzbeamtin und lange als Taxifahrerin. 1999 sind drei Bücher von ihr erschienen: »Regenroman« (Eichborn.Berlin), der Kurzgeschichtenband »Keine Ahnung« (Suhrkamp), das »Lexikon berühmter Pflanzen« (mit Thies Völker bei Sanssouci).

Julia Franck wurde 1970 in Berlin geboren. Sie arbeitete als Krankenschwester, Kellnerin und beim Rundfunk, studierte Altamerikanistik und Germanistik. 1995 gewann sie den Literaturwettbewerb open mike. Seither Veröffentlichungen, u.a. »Der neue Koch«, Roman (Ammann), 1997, und »Liebediener«, Roman (DuMont), 1999.

Arno Geiger

geboren 1968 in Bregenz. Freier Schriftsteller. Im Sommer Videotechniker bei den Bregenzer Festspielen. Lebt in Wolfurt und Wien. 1998 erhielt er den New Yorker Abraham Woursell Award für junge europäische Literatur. Bisher veröffentlichte er die Romane »Kleine Schule des Karusselfahrens« (1997) und »Irrlichterloh« (1999), beide im Carl Hanser Verlag.

Kerstin Hensel

geboren 1961 in Karl-Marx-Stadt, Krankenschwester, Studium am Institut für Literatur, Theaterarbeiterin, Schriftstellerin, lebt in Berlin. Zuletzt erschienen: »Neunerlei«, Erzählungen, »Gipshut«, Roman, beide Gustav Kiepenheuer Verlag.

Frank Jakubzik, 1965 in Kassel geboren, lebt in Frankfurt am Main. Veröffentlichte Prosa und Übersetzungen. 1998 erschien »Ein freundlicher Herr. Erzählung nach Objekten von Jan Gelhaar« (Axel Dielmann Verlag).

Marcus Jensen, 1967 in Hamburg geboren, schreibt seit Herbst 1986. Studium der Germanistik und Philosophie in Hamburg (M.A.). 1994 3. Bettina-von-Arnim-Preis, 1994 Hamburger Förderpreis, 1996 Preis des open mike, 1998 Aufenthaltsstipendium im Literarischen Colloquium Berlin, 1999 Aufenthaltsstipendium im Künstlerhaus Lukas, Ahrenshoop. Lebt in Aachen und arbeitet z.Zt. in der Studienberatung der Uni Köln. 1999 Debütroman »Red Rain« (Frankfurter Verlagsanstalt).

Georg Klein, geboren 1953 in Augsburg, lebt mit seiner Frau, der Autorin Katrin de Vries, und zwei Söhnen in Berlin und Ostfriesland. 1998 erschien sein Roman »Libidissi« (Alexander Fest Verlag), für den er mehrfach ausgezeichnet wurde, 1999 der Erzählband »Anrufung des blinden Fisches« (Alexander Fest Verlag).

Steffen Kopetzky, geboren 1971, lebte in Zürich, Paris und München, z.Zt. in Berlin und Baden-Baden. Seit 1993 laufend Arbeiten für den Rundfunk (Hörspiele, Features, Essays, Glossen) und Publizistik (MERKUR, Süddeutsche Zeitung, DU). 1997 erschien der Roman »Eine uneigentliche Reise. Handenzyklopädie der Grundprobleme Europas am Ende des 20. Jahrhunderts« (Volk & Welt). 1998 erschienen u.a. das Theaterstück »Herr Krampas: Auftauchend« und der Roman »Einbruch und Wahn« (Volk & Welt); 1999 u.a. das Theaterstück »Zuverlässiger Bericht über die Schlaflosigkeit« und eine CD mit Kindergeschichten, »Sieben Träume von Annabelle« (Deutsche Grammophon). Der vorliegende Text ist ein Kapitel des Romans *Ziffer*, der voraussichtlich im Herbst 2000 beim Luchterhand Literaturverlag erscheinen wird.

Stephan Krawczyk, 1955 in Weida/Thüringen geboren, studierte nach dem Abitur Musik, ging 1984 nach Ostberlin und trat als oppositioneller Sänger und Liedermacher hervor. Dem Berufsverbot 1985 folgten drei Jahre später Inhaftierung und Abschiebung in den Westen. 1990 veröffentlichte er im Selbstverlag den Band »Schöne wunde Welt – Lyrik- und Prosatexte«. Für seine Prosa erhielt Krawczyk, der als freier Schriftsteller, Komponist und Sänger in Berlin lebt, 1992 den Bettina-von-Arnim-Preis. 1996 erschien im Verlag Volk & Welt sein erster Roman »Das irdische Kind«, im Herbst 1998 »Bald«, im Frühjahr 2000 »Steine hüten«.

Tanja Langer
Ich wurde rechtzeitig geboren, um mich vor dem Altern zu fürchten. Biologisch gehe ich gemütlich auf die vierzig zu; innerlich schwanke ich zwischen vier und vierundachtzig. Tags bin ich Mutti von drei kleinen Damen; nachts kann ich nicht schlafen. Habe dilettiert auf vielen Gebieten; bin belesen und unordentlich und liebe die Filme von Almodovar. Noch während meiner kurzen, aber heftigen Laufbahn als Theaterfrau begann ich zu schreiben, 2 Stücke, »Hagazussa«, »Ich bin die Nacht«, dann über Bücher&Menschen. Meinem ersten Roman »Cap Esterel« (Verlag Volk & Welt) folgten Kurzgeschichten und das Hörspiel »Fluchtpunkte« (SFB, Ursendung 1999). Arbeite an Kinderbuch und Roman Nr. 2.

Olaf Müller
1962 in Leipzig geboren, Studium der Theologie, sowie Studium der Literatur am Institut für Literatur J.R. Becher in Leipzig, im August 2000 erscheint der Roman »Tintenpalast« im Berlin Verlag.

Jens Nielsen, geboren 1966 in Aarau, Schauspieler/Performance-Künstler/Autor, Schauspielausbildung an der Schauspielgemeinschaft Zürich 1995-98, Gründung der Theatergruppe DIE ENGELMASCHINE mit Aglaja Veteranyi 1996, diverse Theaterstücke/Performance Projekte. Zur Zeit auf Tournee mit »evtl. HERZ – ein Stück Luft«.

Christoph Peters, 1966 geboren in Kalkar am Niederrhein, 1988-1994 Studium der Malerei an der Staatlichen Akademie der bildenden Künste bei H.E. Kalinowski, G. Neusel und Meuser. 1994 Meisterschüler.
Seit 1995 Fluggastkontrolleur am Flughafen Frankfurt/Main
1998 Martha-Saalfeld-Förderpreis
1999 erschien sein erster Roman »Stadt Land Fluß«, der mit dem Niederrheinischen Literaturpreis der Stadt Krefeld und dem Aspekte-Literatur-Preis ausgezeichnet wurde.

Kathrin Röggla, geboren 1971 in Salzburg, lebt seit 1992 in Berlin. Studium der Germanistik und Publizistik.Veröffentlichungen in Literaturzeitschriften, Anthologien, im Radio und elektronischen Raum. 1993 wurde sie mit dem open mike und dem Reinhard-Priessnitz-Preis ausgezeichnet. Publikationen: »Niemand lacht rükkwärts« (1995) und der Roman »Abrauschen« (1997), beide im Residenz Verlag. Im Frühjahr 2000 erscheint ihr nächstes Buch »Irres Wetter«, das den hier abgedruckten Text enthält.

Arne Roß, geboren 1966 in Hamburg, studierte nach dem Zivildienst Germanistik und Geschichte in Berlin. Bevor er freier Schriftsteller wurde, arbeitete er als Lehrer an einer Berliner Schule. Im Frühjahr 1999 erschien sein erster Roman »Frau Arlette« (DuMont), für den er den Debütpreis des SZ-Magazins und der Literaturagentur Graf & Graf erhielt.

Kathrin Schmidt
Nach der Geburt im März 1958 hat sie die Region Thüringen bis zum Abschluß ihres Studiums der Psychologie selten verlassen. Danach aber zog es sie in die Stadt Berlin. Erste Publikationen stellten ausschließlich Lyrik vor. Nach einem Gedichtband 1987 und dem Ende der Erwerbstätigkeit als Kinderpsychologin, Sozialwissenschaftlerin und Redakteurin gelang 1995 der zweite Gedichtband und mit ihm der Sprung in die freiberufliche Existenz, in der die Autorin seither verharrt. 1998 erschien ein erster Roman »Die Gunnar-Lennefsen-Expedition«.Weitere Ausflüge aufs Feld der Prosa sind in Arbeit, aber im Jahr 2000 wird zunächst ein Lyrikband erscheinen.

Silke Andrea Schuemmer, geboren 1973 in Aachen.
Bücher: 1996: »Triptychon oder Salzig schmeckt der Algenstrang«. Gedichte. Künstlerbuch in einer Bibliophilenausgabe mit Originalfrottagen von Wolf Spies. 1996: »Die Form des Fisches ist sein Wissen über das Wasser«. Prosa. Künstlerbuch in einer Bibliophilenausgabe mit Graphiken von Krzysztof Jarzebinski. Veröffentlichungen in Literaturzeitschriften, Anthologien und Rundfunk im deutschsprachigen Raum und Rußland. Stipendien und Literaturpreise, zuletzt Georg-Christoph-Lichtenberg-Preis für Literatur 1999.

Aglaja Veteranyi, 1962 in Bukarest geboren, stammt aus einer Zirkusfamilie. Reisen und Auftritte mit dem Zirkus in Europa, Afrika & Südamerika, Auftritte in Varietés. Schauspielausbildung in Zürich, seit 1982 freischaffende Schauspielerin und Autorin. Verschiedene Stipendien und Preise. Regelmäßige Veröffentlichungen in Anthologien, Literaturzeitschriften & Zeitungen. 1999 »Warum das Kind in der Polenta kocht«, Roman (DVA) und »GESCHENKE – ein Totentanz«, mit Originalholzschnitten von Jean-Jacques Volz (Edition Peter Petrej). Zur Zeit auf Tournee mit »evtl. HERZ – ein Stück Luft«.

Anne Weber, 1964 in Offenbach geboren, lebt seit 1983 in Paris, wo sie nach einigen Jahren Verlagstätigkeit heute als freie Übersetzerin arbeitet. 1999 erschien ihr Buch »Ida erfindet das Schießpulver« in der edition suhrkamp.

Die Herausgeberin:
Susann Rehlein, geboren 1971 in Leipzig, lebte in Leipzig, Moskau, Heidelberg – seit 1994 in Berlin. Studium Germanistik, Slavistik, Theaterwissenschaft. Seit 1997 Literaturredakteurin der Zeitschrift *Das Magazin* und freie Journalistin.